MAURICE BARRÈS
DE L'ACADÉMIE FRANÇAISE

✠

Le
Jardin de Bérénice

PARIS

MODERN-BIBLIOTHÈQUE

ARTHÈME FAYARD, ÉDITEUR

78, BOULEVARD SAINT-MICHEL, 78

Le Jardin de Bérénice

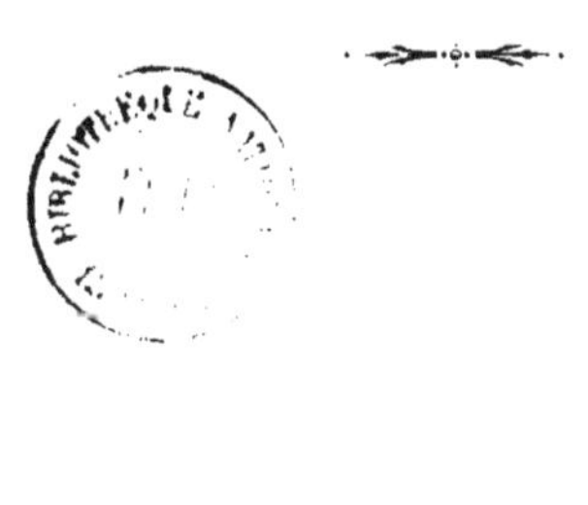

JE RESTAI UN LONG TEMPS A SERRER LA TÊTE DE L'ÂNE DANS MES BRAS.

MAURICE BARRÈS

DE L'ACADÉMIE FRANÇAISE

Le
Jardin de Bérénice

Illustrations d'après les aquarelles

DE

A. CALBET

PARIS

MODERN-BIBLIOTHÈQUE

ARTHÈME FAYARD, ÉDITEUR

78, BOULEVARD SAINT-MICHEL, 78

C'ÉTAIT PEU DE JOURS APRÈS LA FAMEUSE ÉLECTION DU GÉNÉRAL BOULANGER A PARIS.

Quelques personnes ayant manifesté le désir de désigner par un nom particulier le personnage, jusqu'alors anonyme, de qui nous avons coutume de les entretenir, nous avons décidé de leur donner cette satisfaction, et désormais il se nommera Philippe.

C'est ici le commentaire des efforts que tenta Philippe pour concilier les pratiques de la vie intérieure avec les nécessités de la vie active. Il le rédigea, peu après une campagne électorale, afin d'éclairer divers lecteurs qui saisissent malaisément qu'un goût profond pour les opprimés est le développement logique du dégoût des Barbares et du « culte du Moi », et sur le désir de Mme X...., qui lui promit en échange de lui obtenir du Chef de l'État la concession d'un hippodrome suburbain.

M. B.

UNE FORCE S'ÉTAIT AMASSÉE EN MOI, DONT JE NE CONNAISSAIS QUE LE MALAISE QU'ELLE Y METTAIT.

CHAPITRE PREMIER

Position de la Question

CONVERSATION QU'EURENT MM. RENAN ET CHINCHOLLE SUR LE GÉNÉRAL BOULANGER, EN FÉVRIER 89, DEVANT PHILIPPE.

Il est en nous des puissances qui ne se traduisent pas en actes; elles sont invisibles à nos amis les plus attentifs, et de nous-mêmes mal connues. Elles font sur notre âme de petites taches, cachées dans une ombre presque absolue, mais insensiblement autour de ce noyau viennent se cristalliser tout ce que la vie nous fournit de sentiments analogues. Ce sont des passions qui se préparent; elles éclateront au moindre choc d'une occasion.

Une force s'était ainsi amassée en moi, dont je ne connaissais que le malaise qu'elle y mettait. Où la dépenserais-je?... C'est toute la narration qui va suivre.

Mais avant que je l'entame, je désire relater une conversation où j'assistai et qui, sans se confondre dans la trame de ce petit récit, aidera à en démêler le fil.

En m'attardant là, je ne crois pas céder à un souci trop minutieux; les considérations qu'on va entendre de deux personnes fort autorisées et qui jugent la vie de points de vue très différents m'ont suggéré l'occupation que je me suis choisie pour cette période. Elles ont incliné mon âme de telle sorte que des passions dormantes qui s'y étaient amassées ont pu prendre leur cours. N'est-ce pas en quelque manière M. Chincholle qui proposa un but à mon activité sans emploi, et n'est-ce pas de la philosophie de M. Renan que je suis arrivé au point de vue qu'on trouve à la dernière page de cette monographie?

Cette soirée, c'est le pont par où je pénétrai dans le jardin de Bérénice.

C'était peu de jours après la fameuse élection du général Boulanger à Paris, dont chacun s'entretenait. M. Chincholle dînait en ville avec M. Renan et, comme il fait le plus grand cas du jugement de cet éminent professeur, il saisit l'occasion où celui-ci

Voir les notes à la fin du volume.

était embarrassé de sa tasse de café pour l'interroger sur le nouvel élu.

— Monsieur, répondit M. Renan, éludant avec une certaine adresse la question, mon regrettable ami, que vous eussiez certainement aimé, le très distingué Blaze de Bury, avait une idée particulière de ce qu'on nomme le génie. Il l'exposa un jour dans la Revue : « Certains hommes, écrivit-il, ont du génie comme les éléphants ont une trompe. » Cela est possible, mais au moins une trompe est-elle dans une physionomie bien plus facile à saisir que le signe du génie ; et quoique j'aie eu l'honneur de dîner en face du général Boulanger, je ne peux vous dire s'il est un homme de génie.

— Mon cher maître, repartit M. Chincholle, j'ai lieu de vous croire antiboulangiste.

— Que je sois boulangiste ou antiboulangiste ! Les étranges hypothèses ! Croyez-vous que je puisse aussi hâtivement me faire des certitudes sur des passions qui sont en somme du domaine de l'histoire ! Avez-vous feuilleté Sorel, Thureau-Dangin, mon éminent ami M. Taine ? Au bas de chacune de leurs pages, il y a mille petites notes. Ah ! l'histoire selon les méthodes récentes, que de sources à consulter, que de documents contradictoires ! Il faut rassembler tous les témoignages, puis en faire la critique. Cette besogne considérable, je ne l'ai pas entreprise ; je ne me suis pas fait une idée claire et documentée du parti revisionniste... Les juifs, mon cher Monsieur, n'avaient pas le suffrage universel, qui donne à chacun une opinion, ni l'imprimerie, qui les recueille toutes. Et pourtant j'ai grand'peine à débrouiller leurs querelles que j'étudie chaque matin, depuis dix ans. M. Reinach lui-même voudrait-il me détourner du monument que j'élève à ses aïeux, et où je suis à peu près compétent, pour que je collabore à sa politique, où j'apporterais des scrupules dont il n'a cure ?

Et puis, aurais-je assez de mérite pour y convenir, je ne me sens pas l'abnégation d'être boulangiste ou antiboulangiste. C'est la foi qui me manquerait. Qu'un vénérable prêtre se fasse empaler pour prouver aux Chinois qui l'épient la vérité du rudiment catholique, il ne m'étonne qu'à demi ; il est soutenu par sa grande connaissance du martyrologe romain : « Tant de pieux confesseurs, se dit-il, depuis l'an 33 de J.-C., n'ont pas pu souffrir des tourments si variés pour une cause vaine. » Je fais mes réserves sur la logique de ce saint homme (et volontiers, cher Monsieur, j'en discuterai avec vous un de ces matins), mais enfin elle est humaine. Je comprends le martyr d'aujourd'hui ; l'étonnant c'est qu'il y ait eu un premier martyr ? En voilà un qui a dû acquérir cette gloire bon gré mal gré ! Si vous l'aviez interviewé à l'avance sur ses intentions, nul doute que vous n'eussiez démêlé en lui de graves hésitations.

— Je vous entends, dit M. Chincholle après quelques secondes, vous refusez une part active dans la lutte ; mais ne pourriez-vous, mon cher maître, me préciser davantage le sentiment que vous avez de l'agitation dont le général Boulanger est le centre ?

M. Renan leva les yeux et considéra Chincholle, puis lisant avec aisance jusqu'au fond de cette âme :

— Le sentiment que j'ai du Boulangisme, dit-il, c'est précisément, Monsieur, celui que vous en avez. En moi, comme en vous, Monsieur, il chatouille le sens précieux de la curiosité. La curiosité ! c'est la source du monde, elle le crée continuellement ; par elle naissent la science et l'amour... J'ai vu avec chagrin un petit livre pour les enfants où la curiosité était blâmée ; peut-être connaissez-vous cet opuscule

« Certains hommes, écrivit-il, ont du génie comme les éléphants ont une trompe. »

embelli de chromos, cela s'appelle *Les Mé-
saventures de Touchatout*... c'est le plus
dangereux des libelles, véritable pamphlet
contre l'humanité supérieure. Mais telle est
la force d'une idée vraie que l'auteur de ce
coupable récit nous fait voir, à la dernière
page, Touchatout qui goûte du levain et
s'envole par la fenêtre paternelle! Lais-
sons rire le vulgaire. Image exagérée, mais
saisissante : Touchatout plane par-dessus
le monde. Touchatout, c'est Gœthe, c'est
Léonard de Vinci : c'est vous aussi, Monsieur! Avec quel intérêt je m'attache à chacun de vos beaux articles! Le général et ses
amis vous ont distrait, ils ont éveillé dans
votre esprit quatre ou cinq grands problèmes de sociologie (comment naît une légende, comment se cristallise une nouvelle
âme populaire), vous vous êtes demandé,
avec Hégel, si les balanciers de l'histoire
ne ramenaient pas périodiquement les na-
tions d'un point à un autre.

Et ces hautes questions, avec un art qui
vous est naturel, vous les rendez faciles,
piquantes, accessibles à des cochers de fia-
cre. C'est, dans une certaine mesure, la méthode que j'ai tenté d'appliquer pour pro-
pager en France les idées de l'école de Tu-
bingue.

Chincholle rougit légèrement et répondit en s'inclinant :

— Je suis heureux des éloges d'un
homme comme vous, mon cher maître. Il
est vrai, j'ai été curieux jusqu'à l'indiscré-
tion des moindres détails de ce tournoi, et
je n'ai reculé de satisfaire aucune des curiosités que soulevait le principal champion,
à qui sont acquises, on le sait, toutes mes
sympathies. Mais il est un point où je me
sépare, croyez-le, de mes amis. J'aime la
modération, je réprouve les injures : la vio-
lence des polémiques parfois m'attrista.

— Je vous coupe, s'écria Renan; c'est

les injures que je préfère dans le mouvement boulangiste; je veux vous en exposer
les raisons.

Oui, cher Monsieur, je pense peu de
bien des jeunes gens qui n'entrent pas dans
la vie l'injure à la bouche. Beaucoup nier à
vingt ans, c'est signe de fécondité. Si la
jeunesse de cette heure approuvait intégra-
lement ce que ses aînés ont constitué, ne
reconnaîtrait-elle pas d'une façon implicite
que sa venue en ce monde fut inutile? Pourquoi vivre, s'il nous est interdit de composer
des républiques idéales? Et quand nous
avons celles-ci dans la tête, comment nous
satisfaire de celle où nous vivons? Rien de
plus mauvais pour la patrie que l'accord
unanime sur ces questions essentielles du
gouvernement. C'est s'interdire les amélio-
rations, c'est ruiner l'avenir.

Sans doute il est difficile de comprendre sans y avoir sérieusement réfléchi toute
l'utilité des injures. Mais prenons un exemple : nul doute que M. Ferry ne soit en-
chanté qu'on le traîne dans la boue. *Ça l'é-
claire sur lui même.* En effet, il est bien
évident qu'entre les louanges de ses parti-
sans et les épithètes des boulangistes la vérité est cernée. Peut-être, après les renseignements que publient ses journaux sur le Ton-
kin, était-il disposé à s'estimer trop haut,
mais quand il lit les articles de Rochefort,
nul doute qu'il ne s'écrie : « L'excellent
penseur! Si je me trompe sur moi-même,
il est dans le vrai. Les intérêts de la vérité
sont gardés à pique et à carreau! » Grande
satisfaction pour un patriote!

J'ajoute que le lettré se consolerait malaisément d'être privé de nos polémiques actuelles où la logique est fortifiée d'une savate
très particulière.

Ayant ainsi parlé, M. Renan se mit à
tourner ses pouces en regardant Chincholle
avec un profond intérêt.

Celui-ci, renversé en arrière, riait tout à son aise, et je vis bien qu'il se retenait avec peine de devenir familier.

— Mon cher maître, disait-il, cher maître, vous êtes un philosophe, un poète, oui, vraiment un poète.

— Me prendre pour un rêveur, pour un idéaliste emporté par la chimère! ce serait mal me connaître. Ce ne sont pas seulement les intérêts supérieurs des groupes humains qui me convainquent de l'utilité des injures, j'ai pesé aussi le bonheur de l'individu, et je déclare que, pour un homme dans la force de l'âge, c'est un grand malheur de ne pas trouver un plus petit que soi à injurier.

Il est nécessaire qu'à mi-chemin de son développement le littérateur ou le politicien cesse de pourchasser son prédécesseur afin d'assommer le plus possible de ses successeurs. C'est ce qu'on appelle devenir un modéré, et cela convient tout à fait au midi de la vie. Cette transformation est indispensable dans la carrière d'un homme qui a le désir bien légitime de réussir. Le secret de ce continuel insuccès que nous voyons à beaucoup de politiciens et d'artistes éminents, c'est qu'ils n'ont pas compris cette nécessité. Ils ne furent jamais les réactionnaires de personne; toute leur vie ils s'obstinèrent à marcher à l'avant garde, comme ils le faisaient à vingt ans. C'est une grande folie qu'une folie aussi prolongée. Pour l'ordinaire un fou trouve à quarante ans un plus fou, grâce à qui il paraît raisonnable. C'est l'heureux cas où nos boulangistes mettent les révolutionnaires de la veille.

— Oui, soupira Chincholle, je vois bien les avantages... pour le pays et même pour certains antiboulangistes, mais... voilà! le général réussira-t-il?

— Je vous surprends dans des préoccupations un peu mesquines. Que vous importe! s'il éveille votre curiosité. Mais j'entre dans votre souci, après tout explicable et très humain. Et je vous dis:

Si vous marchez avec la partie forte, avec l'instinct du peuple, qu'avez-vous à craindre?

Vous n'avez qu'à suivre les secousses de l'opinion, toujours la vérité en sort et le succès. Les mouvements que fait instinctivement la femme qui enfante sont précisément les mouvements les plus sages et qui peuvent le mieux l'aider. Que vous inquiétiez-vous tout à l'heure de savoir si le général Boulanger a du génie! L'essentiel, c'est de ne pas contrarier l'enfantement et de laisser faire l'instinct populaire.

Dans les loteries, on prend la main d'un enfant pour proclamer le hasard. Il n'y a pas de hasard, mais un ensemble de causes infiniment nombreuses qui nous échappent et qui amènent ces numéros variés qui sont les événements historiques. Le long des siècles, les plus graves événements sont ainsi présentés à l'historien par des mains qui vous feraient sourire, Chincholle.

Mais, tenez, pour achever de vous rassurer, je vais vous dire un rêve que j'ai fait:

Par quelles circonstances avais-je été amené à me rendre sur un hippodrome, cela est inutile à vous raconter. Cette foule, cette passion me fatiguèrent: je dormis d'un sommeil un peu fiévreux, j'eus des rêves et entre autres celui-ci:

J'étais cheval, un bon cheval de courses, mais rien de plus: je n'arrivais jamais le premier. Cependant je me résignais; et pour me consoler je me disais: Tout de même, je ferai un bon étalon!

C'est un rêve qui s'applique excellemment au général Boulanger.

— Mais, dit Chincholle un peu déçu, le général est vieux.

— Chincholle, vous prenez les choses trop à la lettre; j'ai déjà remarqué cette tendance de votre esprit. Je veux dire qu'à Boulanger non vainqueur en dépit de ses excellentes performances succédera Boulanger II, je veux dire que jamais une force ne se perd, simplement elle se transforme.

Si vous voulez bien un peu réfléchir là-dessus, ça vous épargnera dans la suite de trop violentes désillusions.

— Si je vous ai bien suivi, résuma Chincholle qui avait pris des notes, vous refusez de prendre position dans l'un ou l'autre parti, mais vous estimez que, pour le pays, et même pour ceux qui se mêlent à la lutte, il y a tout avantage dans ces recherches contradictoires, fussent-elles les plus violentes du monde. Vous croyez aussi qu'aucune force ne se perd, et que l'effort du peuple, quoique sa direction soit assez incertaine, aboutira. A qui sera-t-il donné de représenter ces aspirations? voilà tout le problème tel que vous le limitez.

Eh bien! mon cher maître, pourquoi, vous-même ne collaborez-vous pas à cette tâche de donner un sens au mouvement populaire, de l'interpréter comme vous dites, ou encore de lui donner les formes qu'il vivifierait? Pourquoi à des ambitieux inférieurs laisser d'aussi nobles soins?

— Mes raisons sont nombreuses, répondit M. Renan visiblement fatigué, mais je n'ai pas à vous les détailler, une seule suffira : mon hygiène s'oppose à ce que je désire voir modifier avant que je meure la forme de nos institutions.

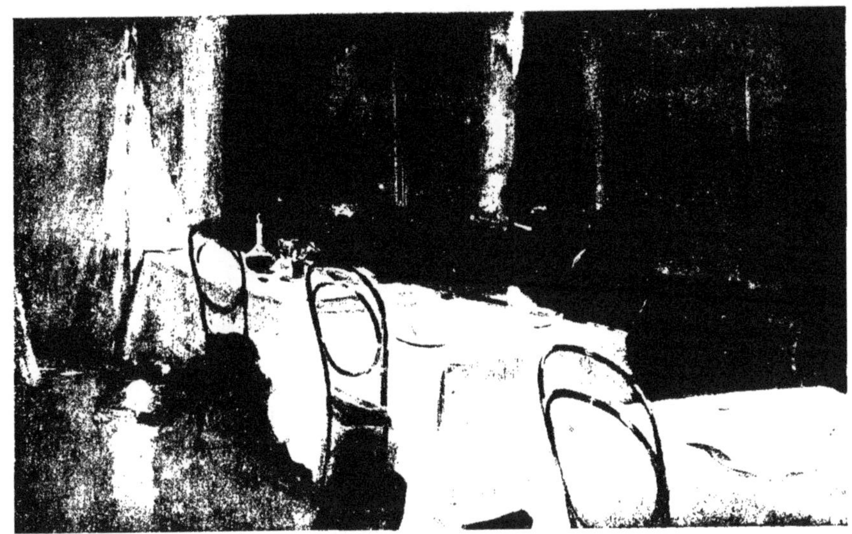

II

PHILIPPE RETROUVE A ARLES BÉRÉNICE, DITE PETITE-SECOUSSE

La conversation de ces messieurs m'éclaira brusquement sur mon besoin d'activité et sur les moyens d'y satisfaire.

Ayant fait les démarches convenables et discuté avec les personnes qui savent le mieux la géographie, c'est la circonscription d'Arles que je choisis.

Le lendemain de mon arrivée dans cette ville, comme je dînais seul à l'hôtel, une jeune femme entra, vêtue de deuil, d'une figure délicate et voluptueuse, qui, très entourée par les garçons, alla s'asseoir à une petite table. Tandis qu'elle mangeait des olives d'un air rêveur avec les façons presque d'une enfant : « Quel gracieux mécanisme, ces êtres-là ! me disais-je, et qu'un de leurs gestes aisés renferme plus d'émotion que les meilleures strophes des lyriques ! »

Puis soudain, nos yeux s'étant rencontrés :

— Tiens, m'écriai-je, Petite-Secousse !

J'allai à elle. Elle me donna joyeusement ses deux mains.

— Mon vieil ami !

— Mais aussitôt, songeant que ce mot de vieil ami pouvait m'offenser, avec sa délicatesse de jeune fille qui a été élevée par des vieillards, elle ajouta :

— Vous n'avez pas changé.

Elle m'expliqua qu'elle habitait Aigues-Mortes, à trois heures d'Arles où elle venait de temps à autre pour des emplettes.

— Mais vous-même ? me dit-elle.

J'eus une minute d'hésitation pour me faire entendre d'elle, qui lit peu les journaux. Puis je répondis, me mettant à sa portée :

— Je viens, parce que je suis contre les abus.

Quand elle eut compris, elle me dit, un peu effrayée :

— Mais vous ne craignez pas de vous faire destituer ?

Voilà bien la femme, me disais-je ; elle

a le sentiment de la force et voudrait que chacun se courbât. Il m'appartient d'avoir plus de bravoure civique.

— D'ailleurs, ajoutai-je, je n'ai pas de position.

Je vis bien qu'elle s'appliquait à ne pas m'en montrer de froideur.

— Je vous disais cela, reprit-elle, parce que M. Charles Martin, l'ingénieur, ne peut pas protester, quoiqu'il reconnaisse bien qu'on me fait des abus : ses chefs le casseraient.

— Charles Martin ! m'écriai-je, mais c'est mon adversaire !

Et je lui expliquai qu'étant allé dès mon arrivée au comité républicain, j'avais été traité tout à la fois de radical et de réactionnaire par Charles Martin, qui s'était échauffé jusqu'à brandir une chaise au-dessus de ma tête en s'écriant : « Moi, Monsieur, je suis un républicain modéré ! »

— Vous m'étonnez, me répondit-elle, car c'est un garçon bien élevé.

Nous échangeâmes ainsi divers propos, peu significatifs, jusqu'à l'heure de son train, mais quand je la mis en voiture, elle me rappela soudain la petite fille d'autrefois, car dans la nuit, elle m'embrassa en pleurant : « Promets-moi de venir à Aigues-Mortes, disait-elle tout bas. Je te raconterai comme j'ai eu des tristesses. »

III

HISTOIRE DE BÉRÉNICE. — COMMENT PHILIPPE CONNUT PETITE-SECOUSSE

Il n'est pas un détail de la biographie de Bérénice, — Petite-Secousse, comme on l'appelait à l'Eden — qui ne soit choquant ; je n'en garde pourtant que des sensations très fines. Cette petite libertine, entrevue à une époque fort maussade de ma vie, m'a laissé une image tendre et élégante que j'ai serrée de côté, comme jadis ces œufs de Pâques dont les couleurs m'émouvaient si fortement que je ne voulais pas les manger.

Je l'ai connue, avais-je dix-neuf ans ? à la suite d'une longue discussion sur l'ironie, ennemie de l'amour et même de la sensualité : « Les femmes, me disait un aimable homme, qui dans la suite devint gaga, les femmes sont maladroites. Parce qu'il arrive souvent qu'elles ont les yeux jolis, elles négligent de les fermer quand cela conviendrait, elles voient des choses qui les font sourire ; aussi, malgré la rage qu'elles ont d'être nos maîtresses, ne peuvent-elles se décider à le demeurer. » L'amour, dans son opinion, est l'effort de deux âmes pour se compléter, effort entravé par l'existence de nos corps qu'il faut le plus possible oublier. Mais cette conception des choses sentimentales, délicate en son principe, le menait un peu loin. Elle le menait à Londres tous les mois, par amour des petites filles : « Seules, disait-il, elles font voir intacte la part de soumission que la nature a mise dans la femme et que gâtent les premiers succès mondains. » Et suivant son idée, vers les minuit, il me conduisit à la sortie de l'Eden, où figuraient alors dans un ballet des centaines d'enfants écaillés d'or, se balançant autour d'une danseuse lascive.

Je lui faisais la critique de son système, quand soudain, sur la rue Boudreau, s'ouvrit une porte d'où se déploya en éventail un troupeau de petites filles fanées. Elles sautaient à cloche-pied et criaient comme à la sortie de l'école, pouvant avoir de six à douze ans. Sur le trottoir en face, mal éclairé nous étions des vieux messieurs, des mamans, mon ami et moi, une vingtaine de personnes mornes. Une fillette nous aperçut enfin et courut au peintre avec une vivacité affectueuse. Lui la prenant doucement

par la main : « Ma petite amie Bérénice, »
me dit-il. Elle s'était fait soudain une petite figure de bois où vivaient seuls de beaux
yeux observateurs. Elle nous quitta pour
embrasser une grande jeune femme, sa
sœur aînée, d'attitude maladive et honnête,
à qui mon compagnon me présenta.

Cette scène m'emplit d'un flot subit de
pitié. Tous quatre nous remontions la rue
Auber ; je tenais Bérénice par la main, et
j'étais très occupé à préserver ce petit être
des passants. Je ne cherchais pas à lui parler, seulement j'avais dans l'esprit ce que
dit Shakespeare de Cléopâtre : « Je l'ai
vue sauter quarante pas à cloche-pied ; ayant
perdu haleine, elle voulut parler et s'arrêta
palpitante, si gracieuse qu'elle faisait
d'une défaillance une beauté. »

Ce privilège divin, faire d'une défaillance une beauté, c'est toute la raison de la
place secrète que près de mon cœur je
garde, après dix ans, à l'enfant Bérénice.
Elle eut plus de défaillances qu'aucune personne de son âge, mais elle y mit toujours
des gestes tendres, et sur cette petite main,
après tant de choses affreuses, je ne puis
voir de péché.

Quand nous fûmes assis à la terrasse
d'un mauvais café de la rue Saint-Lazare,
mon compagnon félicita la sœur aînée de la
tenue de Bérénice. Elle en parut heureuse,
et répondit avec cette résignation qui m'a-
vait d'abord frappé :

— Je fais ce que je puis pour la bien
tenir ; notre vie est difficile. Petite-Secousse
a des dépenses au-dessus de son âge, des
dépenses de grande fille.

La grande fille, qui mangeait des tartes
avec une vive satisfaction, s'interrompit
pour compter sur ses doigts :

— Je gagne à l'Eden douze sous par
jour ; j'ai pour ma première communion dix
sous par semaine de M. le curé ; et il y a

M. Prudent qui donne dix louis par mois.

— C'est vrai, répondit la sœur, mais à
l'Eden il y a les amendes ; pour la première communion il faudra un cierge et des
toilettes pour nous deux, et puis il faut des
cigares à M. Prudent.

Mon compagnon se divertissait infiniment ; M. Prudent surtout le ravit.

L'enfant, à qui il faisait voir un écu,
le saisit des deux mains avec une furie de
joie ; puis son visage reprit cette froideur
sous laquelle je devinais une folle puissance de sentir. Masque entêté de jeune
reine aux cheveux plats ! Jamais on ne vit
d'yeux si graves et ainsi faits pour distinguer ce qui perle d'amertume à la racine de
tous sentiments.

Oh ! celle-là n'avait pas le tendre sourire des enfants sensibles qui pleurent si
on ne sourit pas quand ils sourient. Et
pourtant je sais bien qu'elle eût aimé avec
passion une mère élégante et jeune et à qui
le monde eût prodigué ses succès. Avec leur
fierté, les petits êtres de cette sorte peuvent
aimer seulement ceux qui émeuvent leur
imagination. Ils vont des princes de ce
monde aux pires réfractaires. Non admises
à être la maîtresse adulante d'un roi, de
telles filles sont des révoltées dont l'âcreté
et la beauté piétinée serrent le cœur. Bérénice fut particulière en ceci que, pour
charmer son imagination, il suffit du plus
banal des romanesques, du romanesque de
la mort. Pour l'heure, elle était une petite
cigale, pas encore bruyante, si sèche, si frêle
que j'en avais tout à la fois de la pitié et
du malaise. Tous trois maintenant, sans parler, avec des sentiments divers où dominait
l'incertitude, nous la regardions, comme
font trois amateurs autour de la chrysalide
où se débat ils ne savent quel papillon.

Mon ami, qui habitait Asnières et que
pressait l'heure de son train, me demanda de

ELLE S'ÉTAIT FAIT SOUDAIN UNE PETITE FIGURE DE BOIS OU VIVAIENT SEULS
DE BEAUX YEUX OBSERVATEURS.

reconduire nos singulières compagnes. Son
sourire me froissa, je n'avais plus que mauvaise humeur d'être mêlé à une aventure de
cet ordre. Je comptais bien ne pas m'y at-
tarder cinq minutes! et par la suite je lui
ai dû de prendre conscience de deux ou
trois sentiments qui jusqu'alors avaient som-
meillé en moi.

Dans la voiture, la petite fille s'assit entre sa sœur et moi, et comme c'était tout de
même une enfant de dix ans, elle nous prit
la main à tous deux. Sur mes questions, elle
me raconta d'un ton très doux le détail et
la fatigue de ses journées de petite danseuse, en appelant ses camarades par leurs
noms avec des mots d'argot qui me rendaient
assez gauche. Elle n'était à Paris que depuis
quelques mois et avait été élevée dans le
Languedoc, à Joigné.

— Ah! m'écriai-je, comme parlant à
moi-même, le beau musée qu'on y trouve!

— Vous l'aimez? demanda Bérénice en
me serrant de sa petite main chaude.

Je lui dis y avoir passé des heures excellentes et leur en donnai des détails.

— Notre père était gardien de ce musée, me dit la grande sœur; c'est là que Bérénice se plaisait; elle pleure chaque fois
qu'elle y pense.

— Et pourquoi pleurez-vous, petite
fille?

Elle ne me répondit pas, et détourna les
yeux.

— Il n'y venait jamais personne, reprit
la grande sœur, les tapisseries, les tableaux
étaient si vieux. Si vous nous connaissiez
depuis plus longtemps, je croirais que vous
parlez de Joigné pour faire plaisir à Bérénice.

Nous étions arrivés chez elles, là-bas,
sur ce flanc de la butte Montmartre qui domine la banlieue. Je pris dans mes bras cette
petite fille maigre pour la descendre de
voiture, et déjà la légère curiosité qu'elle
m'avait inspirée se faisait plus tendre, à
cause de notre passion commune pour ce musée de Joigné, ce musée du roi René, d'un
charme délicat et misérable, comme la petite
bouche si fine et à peine rose de cette enfant
aux cheveux nattés.

Le gardien du musée du roi René.

LE MUSÉE DU ROI RENÉ FUT INSTALLÉ AU CHATEAU
DE JOIGNÉ.

IV

HISTOIRE DE BÉRÉNICE (suite). — LE MUSÉE DU ROI RENÉ

C'est un art très étroit, mais c'est de l'art qu'on trouve au « Musée du roi René », et ses trois salles du quinzième siècle présentent même une des étapes les plus touchantes de notre race.

La plupart des hommes n'y voient que des beautés mortes et presque de l'archéologie, mais quelques-uns, d'âme mal éveillée, attendris de souvenirs confus, n'admettent pas qu'on dénoue si vite les liens de la vie et de la beauté. Cet art franco-flamand qui, au quatorzième siècle, fut la fleur du luxe et de la grâce, ne leur est pas seulement un renseignement, il les émeut.

Peut-être ces bibelots, du temps qu'ils étaient d'usage familier, leur eussent paru vulgaires, mais le silence et la froideur des musées, qui glacent les gens sans imagination, disposent quelques autres à la plus fine mélancolie.

Cette collection a été formée par une façon de patriote qui consacra la première partie de sa vie à envisager le français et le latin comme deux langues sœurs sorties du gaulois, et il s'indignait, dans des revues départementales, de la manie qu'on a de dériver nos mots de vocables latins. Par un raisonnement analogue, il affirmait que le réveil artistique, dit Renaissance, s'était manifesté dans un même frisson, à la même heure, sur toute l'Europe ; et il démontra avec passion que l'influence italienne n'avait été qu'une greffe néfaste, posée sur notre art français, à l'instant où celui-ci, d'une merveilleuse vigueur, allait épanouir sa pleine originalité. Et comme, à l'appui de sa première manie, il avait publié une liste de mots français, tout indépendants du latin et d'évidente origine celtique, pour édifier sur les qualités autochtones de la première renaissance française, il réunit des panneaux, des miniatures et des orfèvreries des douzième et treizième siècles, qui ne trahissent rien d'italien.

Ses curiosités désintéressées le servirent. Il correspondait avec les curés pour obtenir d'eux des vocabulaires de patois locaux, il visitait les plus misérables masures pour y dénicher des choses d'art, aussi devint-il populaire près de l'un et l'autre parti. L'ardent patriotisme de ses monographies du Languedoc et de la Provence le dispensèrent de profession de foi, en sorte que par la suite il parvint au Sénat.

Dans sa gratitude, il offrit au département sa collection qui en grossissant l'accablait, et qu'on installa sous le nom de *Musée du roi René* dans une propriété de l'Etat, au château de Joigné, bâti jadis par le roi René. Il y fit placer comme gardien le mari d'une jeune femme qu'il aimait et qui avait pour fille la toute petite Bérénice.

Et c'est ainsi que l'enfant grandissante alimenta ses premiers appétits dans un cycle de choses, mortes pour l'ordinaire des hommes.

La vaste pièce qu'occupait le musée dans cette lourde et humide construction était chauffée pendant l'hiver et toujours fraîche au plus fort de l'été.

La petite fille y passa de longues après-midi, seule parmi ces beautés finissantes qu'elle vivifiait de sa jeune énergie et qui lui composaient une âme chimérique.

Les murs de cette salle étaient recouverts d'une tapisserie de haute lice, connue sous le nom de chambre aux petits enfants, toute semée de grands herbages, de petits enfants et de rosiers à roses, parmi lesquels plusieurs dames à devises faisaient personnages d'Honneur, de Noblesse, de Désintéressement et de Simplicité.

Honneur était si fort mangé des vers que Bérénice ne put savoir au juste ce que c'était ; de *Noblesse*, elle distingua simplement la belle parure : mais *Désintéressement* et *Simplicité* lui sourirent bien souvent, tandis qu'elle les contemplait, haussée sur la pointe des pieds, pour mieux les voir et pour ne pas effaroucher le silence qui est une part de leur beauté. Peut-être quelquefois l'enfant les déchira-t-elle légèrement du bout des doigts, énervée par les longs mistrals, tandis que le petit village sonnait chaque heure avec une précision si inutile au milieu de ce désert. Mais toute sa vie elle n'aima rien tant que ces dames de *Désintéressement* et de *Simplicité*, doux visages qui évoquaient pour elle les résignations de la solitude.

La richesse de ce musée est une abondante collection de panneaux peints, mi-gothiques, mi-flamands, traités les uns avec la finesse et la monotonie de la miniature, les autres dans la manière des vitraux. A qui les attribuer ? Voilà une question d'esprit tout moderne et que nos aïeux ne se posaient pas plus que ne fit Bérénice. Elle étudiait là les figures des choses et leurs rapports entre elles.

La peinture, en effet, pour les êtres primitifs, est un enseignement. Ces panneaux ne sont pas l'expression d'un rêve particulier, mais la description de l'univers tel qu'il apparaissait aux meilleurs esprits du quinzième siècle. Ce sont, rassemblées dans le plus petit espace et infiniment simplifiées, toutes les connaissances qu'un esprit très orné de cette époque pouvait avoir plaisir à trouver sous ses yeux. Aussi un tableau avait-il du succès, il était copié indéfiniment, comme on reproduit un beau livre. C'est ce qui explique que, dans ce musée du roi René, nous retrouvions à peine modifiés des tableaux d'Avignon, de Villeneuve-les-

Avignon. d'Aix. etc., et de tous ces villages de Provence.

Ces tableaux, pas plus que les chansons de gestes ou les rapsodies, ne peuvent être dégagés de la manière générale du cycle dont ils font partie. Mais quelle abondance de détails des esprits reprenant sans trêve un même thème pour l'améliorer ne parvenaient-ils pas à rassembler dans leurs panneaux !

Bérénice y trouva des notions d'astronomie et de géographie, et tout son catéchisme, puis de petites anecdotes qui l'amusaient, et enfin des bonshommes agenouillés, les portraits du donateur. qui lui indiquèrent nettement quelle attitude sérieuse et sans étonnement il convient d'apporter à la contemplation de l'univers.

La suite de sa vie me donne lieu de croire qu'elle profita surtout devant *la Pluie de Sang* : c'est Jésus entre deux saintes femmes. dont Marie l'Egyptienne, personne maigre qui, vêtue de ses cheveux comme d'une gaine. est tout à fait délicieuse. Véritable « fontaine de vie ». le pauvre Jésus dégoutte d'un sang qu'elles recueillent. et il s'épuise pour les deux belles dévotes. Cette image désolante parut à l'enfant une représentation exacte de l'amour suprême qui est. en effet. de se donner tout. se réduire à rien pour un autre. Plus tard, ne l'ai-je pas vue qui se conformait, jusqu'à mourir de langueur amoureuse, à cette éducation par les yeux ?

D'autres tableaux étaient plus sévères

LA PETITE FILLE Y PASSA DE LONGUES APRÈS-MIDI.

pour l'imagination d'une fille. Travaux de miniaturiste agrandis, du genre qu'on **voit** à Aix. Le *Buisson Ardent*. par exemple : dans le panneau du milieu. la Vierge accroupie tient sur son giron Jésus tout nu, et ce petit Jésus s'amuse d'une médaille représentant sa mère et lui-même ; au-dessous d'eux, dans une campagne faite de prairies, de rivières et de châteaux, flamboie un buisson emblématique de chênes verts qu'entrelacent des lierres, des liserons, des églantiers, et plus bas encore, Moïse se déchausse sous les yeux d'un ange, tandis qu'un chien garde des moutons et des chèvres. Ces beaux sujets sont largement encadrés par une suite de figures peintes en camaïeu, entre lesquelles l'enfant distinguait un ange qui sonne du cor et qui, le pieu à la main, poursuit une licorne réfugiée dans le giron d'une vierge.

Tout cela lui parut incompréhensible, mais nullement désordonné.

Il était dans le tempérament de ce petit être sensible et résigné de considérer l'univers comme un immense rébus. Rien n'est plus judicieux, et seuls les esprits qu'absorbent de médiocres préoccupations cessent de rechercher le sens de ce vaste spectacle. A combien d'interprétations étranges et émouvantes la nature ne se prête-t-elle pas, elle qui sait à ses pires duretés donner les molles courbes de la beauté !

Quand, de son musée, Bérénice, orpheline, vint à Paris pour être ballerine à l'Eden, elle ne s'étonna pas un instant, car l'ordonnance des tableaux où elle figura autour des déesses d'opérette lui rappelait assez les compositions du roi René. Elle trouva naturel d'y participer, ayant pris, comme tous les enfants, l'habitude de se reconnaître dans quelques-unes des figures de ces vieux panneaux. Elle accepta l'autorité du maître de danse, comme les simples se soumettent aux forces de la nature. C'est un instinct commun à toutes les jeunes civilisations.

à toutes les créatures naissantes, et fortifié en Bérénice par les panneaux religieux du roi René, de croire qu'une intelligence supérieure, généralement un homme âgé, ordonne le monde.

Son acceptation, d'ailleurs, avait toute l'aisance des choses naturelles, sans le moindre servilisme. Ce sentiment avait été développé en elle par l'image familière et bonhomme que la légende lui donnait du roi René, fondateur du château, et patron de cet art. Elle savait mille anecdotes où ce prince accueille avec bonté les humbles. L'imagination qu'elle se fit de ce personnage contribua pour une bonne part à lui

Cette petite femme traduisait immédiatement en émotions sentimentales toutes les choses d'art qui s'y prêtaient.

former cette petite âme qui n'eut jamais de platitude. Bérénice considérait qu'il est de puissants seigneurs à qui l'on ne peut rien

L'ENFANT AVAIT OBSERVÉ QUE LES MESSIEURS SOURIAIENT.

refuser, mais elle ne perdit jamais le sentiment de ce qu'elle valait elle-même. Excellente éducation ! qui eût fait d'elle la maîtresse déférente mais non intimidée d'un
prince et qui lui eût laissé tous ses moyens
pour donner du plaisir. Qualité trop rare.

En vérité, ce musée était merveilleuse-
ment fait pour encadrer cette petite fille, qui
en devint visiblement l'âme projetée : d'i-
magination trop ingénieuse et trop subtile
comme les vieux fonds de complications go-
thiques de ces tableaux ; de sens bien vivant, comme ces essais de paysages et de
copies de la nature où la Renaissance apparaît dans ces œuvres du quatorzième siècle.

Cette petite femme traduisait immédiatement en émotions sentimentales toutes les
choses d'art qui s'y prêtaient. Les grandes
tapisseries de Flandre et les peintures d'A-
vignon formèrent sa conscience ; les orfè-
vres de Limoges, les chaudronniers de Di-
nan lui faisaient une maison parée, où elle
vécut sans camarade et apprit les rêveries
tendres, qui sont choses exquises dans un décor élégant.

Il y avait dans une vitrine une dentelle
précieuse pour sa beauté ; et l'enfant, qui
se distrayait à suivre les visiteurs et à écou-
ter les explications que leur donnait son
père, avait observé que les messieurs souriaient et que les jeunes femmes, rougissant
un peu, se penchaient sur cette claire vitrine avec plus d'intérêt que sur aucun autre
numéro du catalogue. Cette dentelle avait été
offerte par le roi charmant, le Louis XV
des premières années, à l'une de ces maîtresses d'un soir qu'on avait soin de lui
présenter à chaque relai, afin qu'il pût se
rendre compte des ressources variées et délicieuses du royaume. Ce gage, qu'avaient
peut-être trempé les pleurs de la mélancolique délaissée, était gardé dans sa famille,
ane des premières du Languedoc, et trans-

mis précieusement à celle qui épousait le fils
aîné de la maison. Quand la mort eut dis-
sipé la dernière goutte de ce sang honoré
par les rois, la légère dentelle fut recueillie
dans le musée ; les érudits méprisaient fort
cet anachronisme, mais Bérénice, le nez
écrasé contre la vitre, souvent rêva d'un
prince René, très jeune et revenant des pays
du soleil avec des voitures pleines d'un art
joyeux. Les petites filles bien nées rêvent
toutes confusément d'une renaissance italienne ; c'est l'état d'âme de notre race au
quinzième siècle, un peu seule et desséchée,
aspirant au baiser sensuel de l'Italie.

J'ai des doigts bien lourds pour vous
indiquer dans les sourires et les plis déli-
cats du visage de Bérénice tout ce qu'y
marquèrent ces vieilles œuvres. Ne croyez
pas du moins qu'elle fût triste. Comme
ceux de son âge, elle avait des jouets, mais
par économie on les lui choisissait dans les
vitrines.

Son album d'images, c'était la reproduction photographique d'un livre qu'à leur retour d'Italie portaient avec eux, comme
galante mémoire, les compagnons de
Charles VIII, car y étaient dépeintes, sous
divers costumes et à l'état naturel, beaucoup de femmes violées par ces seigneurs.

Elle adopta comme poupée une petite
image de Notre-Dame en or, qui s'ouvrait
par le ventre et où l'on voyait la Trinité.
Tous ses jeux étaient ennoblis.

C'est ainsi encore qu'une des distractions
de la famille naissait d'un précieux ex-voto
dédié à sainte Luce à qui, comme on le sait,
les païens arrachèrent les yeux, et cette reli-
que était un merveilleux vase avec des yeux
peints au fond ; ce qui pour le père, bonhomme
un peu lourd, pour la mère, jeune femme
vive et rieuse, et pour la jeune Bérénice,

elle-même, était un inépuisable sujet de joie.

Ainsi les choses lui faisaient une âme sensible et élégante ; le danger était qu'elle s'enfermât dans la vie intérieure, qu'elle ne soupçonnât pas la vie de relations.

En cela son éducation fut excellemment complétée par le compagnon ordinaire de ses jeux, un singe, que sa mère avait obtenu pour un long baiser d'un matelot à peine débarqué à Port-Vendres. Et ce singe, en même temps qu'il lui apprit l'art de figurer les passions, lui vivifiait l'univers, jusqu'alors pour elle un peu morne.

Mais le mot essentiel sur la vie, la formule d'action, réduite à ce qu'en peut fournir une petite rêveuse de grande indigence intellectuelle, lui fut dit sous la galerie en demi-cloître du château.

Dans cette cour pleine de pierres tombales, de sculptures mutilées, de verdures et des herbes violentes du Languedoc, elle vit un débris gothique dont l'énergique symbolisme, ironie et vérité trop crues, la frappa singulièrement : c'était un monstre qui d'une main se mettait une pomme dans la bouche et de l'autre, avec un doigt délicat, désignait le bas de son échine.

Cette attitude si simple et nullement équivoque fut un enseignement pour cette petite fille. Le cynique professeur lui fit voir qu'il y a une corrélation entre la nécessité de vivre et le geste de la sensualité. De ce sphinx-gargouille elle reçut le tour d'esprit qui lui fit accepter toute sa vie les familiarités des vieillards.

Ainsi l'enfant grandit durant dix années, jusqu'à la mort des siens ; et chaque saison, elle faisait mieux voir les vertus que ce musée déposait en elle. Elle ressentait tous les mouvements de ce passé compliqué, ardent et jeune, auquel elle avait laissé prendre son cœur.

Mais si cette vapeur de mort qui se dégage des objets ayant perdu leur utilité éludait du cœur de Bérénice toute parcelle de mesquin et de bas, peut-être à trop pénétrer cette petite fille la rendait-elle maladroite à supporter la vie. Une âme embrumée dans un corps infiniment sensible, telle était celle que nourrissait ce tombeau orné. Son masque entêté offrait de grandes analogies avec le petit buste du musée d'Arles que la légende prétend être ce mélancolique Marcellus de Virgile, qui ne put vivre. Quand elle descendait dans l'appartement des siens, une façon de loge de concierge, elle s'y sentait étrangère et comme une petite exilée. Virgile, s'il est vrai qu'il pleura sur la pauvre race italiote trop attachée au passé, incapable de supporter sans gémir les temps nouveaux, eût été entraîné vers cette fille qui, pour se préparer à la dure vie des dédaignées, ne savait que s'envelopper de la part originelle de sa race.

Parfois, à la fraîcheur du soir, après ces journées du midi si grossières de sensualité, sa mère, jeune femme distraite et toute à se désoler de son vieux mari, la préparait pour sortir. Dans l'armoire à glace, fortement parfumée des herbes du Languedoc, le soleil couchant envoyait quelques rayons, et sa mère, pour la coiffer, en tirait un petit chapeau de velours rouge, qui emplissait l'enfant passionnée du sentiment de la beauté et brisait ses nerfs d'une douceur délicieuse, dont l'ébranlement retentit jusqu'en sa chère agonie. Mais elle se contraignait jusqu'à ce qu'elle fût sur la route, où sa mère s'écartait pour rire avec des jeunes gens. Alors, dans l'obscurité descendue, elle sanglotait, comprenant confusément que la vie des êtres sensibles est chose somptueuse et triste.

O ma chère Bérénice, combien vous êtes près de mon cœur...

V

BÉRÉNICE A AIGUES-MORTES. LES AMOURS DE PETITE-SECOUSSE ET DE FRANÇOIS DE TRANSE.

J'étais à Arles depuis quelques jours, et cependant que j'en visitais les mélancoliques beautés, je m'étais mis en relation avec les esprits les plus généreux de l'arrondissement, avec ceux qui sont impatients de toute modification et avec ceux qu'on avait mécontentés. Nous causâmes ensemble des injures subies par la patrie, tant à l'intérieur qu'à l'extérieur, et de politiques nos relations devinrent presque cordiales.

Au milieu de ces délicates démarches, c'est Bérénice qui me remplissait. Arles, où rien n'est vulgaire, me parlait de l'enfant du musée du roi René. Ses arènes et ses temples dévastés manifestent que les hommes sont des flétrisseurs ; or si j'ai tant aimé ma petite amie, c'est qu'elle était pour moi une chose d'amertume. Mon inclination ne sera jamais sincère qu'envers ceux de qui la beauté fut humiliée : souvenirs décriés, enfants froissés, sentiments offensés. Saint-Trophime, humide et écrasé, dit une louange irrésistible à la solitude et s'offre comme un refuge contre la vie. J'y retrouve le sentiment exact qui m'emplissait jadis, quand, m'échappant de mes dures besognes ou d'études abstraites, je courais, fort tard dans la soirée, à mes étranges rendez-vous avec Petite-Secousse ; ce n'était, comme on pense, ni amour, ni amitié ; dans cette trop forte vie parisienne qui créait en moi la volonté mais laissait en détresse des parts de ma jeunesse, c'était un besoin extrême de douceur et de pleurs.

Ainsi rêvant à l'enfant pitoyable et fine qui est devenue une fille éclatante, je me promène sous le cloître. Des colombes roucoulent sur son bas toit de tuiles, les écoliers énervés tapagent dans la ruelle, et pourtant c'est la paix où mon rêve est à l'aise. Arles, visitée tant d'hivers, toujours me fut une cité de vie intérieure. Chevaux qui riez avec un entrain mystérieux dans l'*Adoration des rois* de Finsonius. — petite vierge de quinze ans, grave et délicate, avec vos yeux à nous faire mourir, qui présidez un *Conseil provincial* de jolis hommes vêtus avec un soin extrême et une brillante diversité de chapes d'or, d'argent, de pourpre et de noir tombant sur de longues robes blanches, — et vous surtout, ma très chère reine de Saba, — de la seconde travée de la galerie est du cloître, vous qui existez à peine, mais que je maintiens dans mon imagination, — l'âme que je vous apporte, si différents que soient les gestes où elle se témoigne, n'a pas varié. Les petites intrigues auxquelles je semble participer ne me pénètrent que pour se modifier harmonieusement en moi; elles sont les conditions dédaignables du culte nouveau que je vous rends.

Aux Alyscamps, un de ces soirs, mes années écoulées me parurent pareilles à ces sarcophages vides qui bordent, sous des platanes, cette mélancolique avenue. Mes années sont des tombeaux où je n'ai rien couché de ce que j'aimais; je n'ai abandonné aucune des belles images que j'ai créées, et Bérénice, qui me fut l'une des plus chères, est ressuscitée...

Au musée, devant les deux danseuses mutilées qu'on y voit, je m'arrêtai : Pauvres petites dames qui avez tant allumé les désirs des hommes, vous êtes aujourd'hui mutilées! L'une a un pied nu qui appelle le baiser, un sein dévêtu, des draperies flottantes qui sont délicieuses. Mais sa jambe, qu'elle projetait dans un geste charmant, a été brisée; les barbares n'ont pas épargné ces fleurs légères. Et soudain mon désir devint irrésistible de savoir ce qu'ils avaient fait de Bérénice.

Aigues-Mortes! consonnance d'une désolation incomparable! Dans le train si lent à traverser la Camargue, je m'imagine ces mornes remparts qui depuis sept siècles subsistent intacts. J'évoque ces mystérieux Sarrasins, ces légers Barbaresques qui pillaient ces côtes et fuyaient, insaisis même par l'histoire. Aigues-Mortes, le vieux guerrier qu'ils assaillaient sans trêve, est toujours à son poste, étendu sur la plaine, comme un chevalier, les armes à la main, est figé en pierre sur son tombeau.

Sur ce plat désert de mélancolie où règnent les ibis roses et les fièvres paludéennes, parmi ces duretés et ces sublimités prévues par mon imagination, la belle petite fille vers qui j'allais m'excitait infiniment.

Quand je descendis de la gare, déjà les grenouilles avaient commencé leur coassement; il n'était pas encore cinq heures, mais cette plaine immense, toute rayée de petits canaux, est leur fiévreux royaume. Une jeune fille à qui je demandais la villa de Rosemonde s'offrit à me conduire; nous contournâmes les hautes murailles, puis quittant l'ombre de la ville, muette et dure dans sa haute enceinte crénelée, nous nous engageâmes sur une chaussée étroite entre deux eaux stagnantes. C'est à quelque cent mètres, sur un terre-plein, que je trouvai la pâle maison de Bérénice, faisant face au soleil couchant. Cinq à six arbres l'entouraient, les seuls qu'on aperçût dans cette vaste étendue où cette soirée d'hiver mettait une transparence de pleine mer. A l'entrée de son grêle jardin, ma chère Bérénice m'attendait, et je ne verrai de ma vie un geste plus gracieux que celui de son premier accueil.

Cette année, la mode était des couleurs jaunes, vieux rose, violet évêque, scabieuse et vert d'eau; elle portait une robe exquise de l'un de ces tons, et le paysage, avec ces

ARLES, OÙ RIEN N'EST VULGAIRE, ME PARLAIT DE L'ENFANT DU MUSÉE DU ROI RENÉ.

étrangetés de l'hiver méridional, faisait voir des couleurs identiques ou complémentaires.

Cette pâle maison de Rosemonde, rosée à cette heure d'un étrange soleil couchant, et des canards, un peu viveurs et dandineurs, qui des étangs revenaient pour leur repas du soir. Je reconnus cette générosité d'âme, jadis devinée sous son masque trop serré d'enfant. Pourquoi toujours rétrécir

me séduisit dès l'abord par l'inattendu d'une installation sobre et froide d'Angleterre, au lieu du taudis méridional que je redoutais. Petite-Secousse faisait là aussi étrange figure qu'une brillante perruche des îles dans une cage de noyer ciré. Je crus y sentir une maison d'amour, glacée par l'absence d'amour ; mais la petite main brûlante qu'elle me tendit plusieurs fois pour me témoigner son contentement de me revoir me donnait la fièvre.

Singulière fille ! Elle me montra, qui jouait dans son jardin, un de ces ânes charmants de Provence, aux longs yeux résignés, notre bonté, pourquoi l'arrêter au chien et au chat ? En moi-même, je félicitai Petite-Secousse d'avoir précisément choisi l'âne et le canard, pauvres compagnons, à l'ordinaire sevrés de caresses et même de confortable, parce que, sur leur maintien philosophique, ils sont réputés se satisfaire de très peu de chose. Leur volonté amortie de brouillards, leur entêtement de besoigneux, elle comprenait tout cela, sans dédain ni répugnance ; n'avait-elle pas vécu jadis dans un profond rapport avec nos aïeux du quinzième siècle, comme ceux-ci maladroits, très proches de la nature et étriqués !

Nous nous tûmes un long instant, car j'étais saisi par l'émouvante simplicité du paysage. A Aigues-Mortes, l'atmosphère chargée d'eau laisse se détacher les objets avec une prodigieuse netteté et leur donne ces colorations tendres qu'on ne retrouve qu'à Venise et en Hollande. Devant nous se découpait le carré intact des hautes murailles crénelées, coupées de tours et se développant sur deux kilomètres. Au pied de cette masse rude, campée dans l'immensité, jouaient des enfants pareils à des petites bêtes chétives et malignes. Mais mon regard détourné se fondait au loin sur la plaine profonde et ses immenses étangs d'un silence éternel et si doux !

Quand j'obéis à Bérénice, qui redoutait pour moi la fièvre qui rôde le soir sur ces landes, et quand je la suivis dans le petit salon dont les vastes glaces nous laissèrent suivre le coucher du soleil, une émotion presque pieuse gonflait mon cœur. Le thé que nous buvions ne devait pas apaiser mon énervement, mais elle me parlait avec cette gaîté légère et cet imprévu plein de tact qui n'appartiennent qu'aux personnes maladivement sensibles et qui ne laissèrent pas mon excitation se souiller. Entre mille riens, pour m'exprimer la joie de me revoir, elle m'apprit que cette maison lui appartenait; elle me parla d'une amie qu'elle avait au théâtre de Nîmes et appelait assez drôlement « Bougie-Rose, parce qu'elle est prétentieuse comme une bougie rose ». Puis elle sonna sa domestique pour que je connusse tout le monde.

A dire vrai, j'étais un peu étonné de voir Petite-Secousse propriétaire, mais je ne jugeai pas convenable de l'interroger là-dessus. Du reste, peu m'importait le sens de ses discours; elle avait une de ces voix graves et élégantes qui pénètrent sensuellement dans les veines, nous engourdissent et font

éclore la mélancolie. C'était toujours l'ancienne petite fille, mais la puberté avait fondu sa dureté et comme feutré les brusqueries un peu sombres de sa dixième année. Du petit animal entêté qui m'avait un soir donné sa main fiévreuse, elle n'avait conservé, parmi ses grâces de jeune femme, que cette saveur de sembler un être tout d'instinct et nullement asservi par son milieu. Telle que je l'avais vue petite fille, elle possédait quelque rêve en elle qui faisait son orgueil et où elle se suffisait.

Charmante et secrète ainsi, elle excitait infiniment mon imagination et m'emplissait de volupté. Je ne sais rien de plus troublant que de retrouver dans une grande fille le sourire qu'on lui vit enfant; cela éveille l'idée si passionnante des transformations de la nature; nous distinguons confusément que ce jeune corps qui nous enchante n'est pas une chose stable, mais le plus bel instant d'une vie qui s'écoule. Avec une sorte d'irritation sensuelle, nous voudrions la presser dans nos bras, la préserver contre cette force de mort qu'elle porte dans chacune de ses cellules, ou du moins profiter, dans une sensation plus forte que les siècles, de ce qui est en train de mourir.

Quand Bérénice était petite fille, dans mon désir de l'aimer, j'avais beaucoup regretté qu'elle n'eût pas quelque infirmité physique. Au moins pour intéresser mon cœur avait-elle sa misère morale. Une tare dans ce que je préfère à tout, une brutalité sur un faible, en me prouvant le désordre qui est dans la nature, flattent ma plus chère manie d'esprit, et d'autre part me font comme une loi d'aimer le pauvre être injurié pour rétablir, s'il est possible, l'harmonie naturelle en lui violée. Je m'écarte des êtres triomphants pour aimer, comme aime Petite-Secousse, les beaux yeux résignés des ânes, les tapisseries fanées, ou encore, comme

Nous nous tûmes un long instant, car j'étais saisi par l'émouvante simplicité du paysage.

j'aurais voulu qu'elle fût elle-même, les petites malades qui n'ont pas de poupées ; c'est qu'il n'est pas de caresse plus tendre que de consoler.

A Aigues-Mortes, toutefois, ayant vu sa nuque souple et ses grands cils mélancoliques, je m'égarai de cette façon de sentir. Je me sentis disposé à la posséder. Et comme le plus sûr moyen dans le tête-à-tête, pour arriver à la sensualité, me parut toujours les sentiers de la mélancolie, au soir tombant, je priai Petite-Secousse de me raconter ces tristesses qu'elle m'avait indiquées d'un mot léger à Arles, quand une de ses larmes tomba sur sa main que je baisais.

LES AMOURS DE BÉRÉNICE ET DE FRANÇOIS DE TRANSE

Je n'essayerai pas de vous retracer ce récit tel que je l'entendis de Petite-Secousse ; elle disait ses souvenirs avec un frémissement de vie intérieure longtemps contenue, avec une exaltation trop tendre.

Bérénice, à toutes les époques, fut remplie d'une chère pensée comprimée qui la rendait indifférente au monde extérieur. D'ailleurs cette pensée, elle eût été bien incapable de la définir, alors même qu'elle s'y livrait avec le plus de mollesse ; vous savez qu'elle naquit avec un secret dans l'âme. C'est pour mieux le caresser qu'elle s'était tant plu dans la solitude du musée du roi René ; et son air un peu dur d'enfant témoignait ces dispositions chimériques. Quand l'âge en fut venu, cette mélancolie qui ignorait ses motifs se fixa dans un amour.

Elle s'attacha très sincèrement à un jeune homme, François de Transe, qui l'entretint et l'aima avec passion. D'une excellente famille de Nimes, il avait connu Petite-Secousse à Paris, dans un souper où le fêtait

son oncle, vieux viveur, ami des Casal et autres gens de cercle ; aussi ne pouvait-il se faire d'illusion sur les inconséquences passées de cette jeune libertine ; mais elle était, avec ses dix-sept ans, une si belle petite fille ! puis ils avaient tous deux des âmes d'enfants généreux, et l'un pour l'autre une vraie sensualité.

Ils vécurent pendant deux ans à Aigues-Mortes. « Nous ne nous ennuyions jamais, me dit Bérénice, et l'heure des repas nous surprenait toujours. Nous avions les animaux, le tir au pistolet, et puis il jouait à me porter dans le jardin. En été, nous allions au Grau-du-Roi, qui est, à trois kilomètres, une petite station de bains de mer. Chaque année nous faisions un voyage à Nice et à Paris. » Elle eût pu ajouter qu'à vingt ans ceux qui s'aiment dorment beaucoup.

M. de Transe menait là une vie qui déplut à sa famille. On le somma de faire le tour du monde ; il devait, comme c'est la coutume, rencontrer les princes à Java et leur être présenté. Les derniers jours que passèrent ensemble ces deux jeunes gens furent la fièvre la plus triste. Le valet de chambre qui venait le matin habiller M. de Transe s'essuyait les yeux en les regardant tous deux couverts de pleurs.

Elle le mena à la gare, mais ne se sentit pas le courage d'aller jusqu'à Marseille ; aurait-elle pu supporter la solitude du retour, à travers les joies grossières de cette ville ! D'ailleurs, il convenait qu'il donnât ces derniers jours aux siens. Quand il fut dans le train de Nimes, il ne put retenir ses larmes, de sorte que, se rejetant en arrière, il lui dit adieu et leva la glace. Elle courut à l'endroit où la route se rapproche de la voie ferrée, espérant faire encore de la main des adieux à son ami, mais le train

AU PIED DE CETTE MASSE RUDE, CAMPÉE DANS L'IMMENSITÉ, JOUAIENT DES ENFANTS
PAREILS A DES PETITES BÊTES CHÉTIVES ET MALIGNES.

passa comme un train d'étrangers. Sans doute il avait relevé son manteau sur ses yeux et il songeait qu'un jour elle appartiendrait à un autre.

Petite-Secousse, de son côté, avait les plus tristes pressentiments : peu de jours après cette séparation, en l'absence de sa camarade Bougie-Rose, elle ouvrit une lettre adressée à cette dernière et ainsi conçue : « Venez me parler à Nîmes, j'ai une grave nouvelle à vous communiquer qui intéresse votre amie. » La lettre était signée d'un aimable homme, plus âgé que M. de Transe, mais de qui celui-ci avait souvent parlé avec amitié à Bérénice.

Au milieu des pires agitations, elle ne put dormir de la nuit. Dès le premier train, le cœur et le visage défaits, elle partait pour Nîmes. « Oh! ma pauvre petite, » lui dit celui qu'elle interrogeait avec anxiété, « ce n'est pas vous que j'aurais voulu voir, mais Dieu ne permet pas que le coup vous soit atténué. » — François est mort! s'écria-t-elle.

Ce qui me frappa le plus dans le touchant récit qu'elle me fit de ces pénibles circonstances, c'est son acceptation absolue des conventions sociales. Elle était née sans aucun goût pour refaire la société, ni même la contester ; puis les tableaux du roi René lui avaient enseigné que l'Univers est un vaste rébus. C'est ainsi qu'elle avait accepté dans sa dixième année tant de familiarités qui convenaient peu à son âge. Elle avait un sentiment très fin et très susceptible de la tendresse et de la poli-

tesse que lui devaient ses amis. Pourtant sa reconnaissance était vive de ce qu'un homme

FRANÇOIS DE TRANSE.

sérieux, comme elle disait, se fût préoccupé de la prévenir doucement. M. de Transe était mort d'un sot accident, au huitième jour de son voyage, pris de fièvre typhoïde.

Au reste le récit de Bérénice était obscur et minutieux, avec des lacunes ; c'était comme une vision qu'elle me décrivait en serrant ma main dans les siennes et les yeux fixes. « J'étais gaie autrefois, mais, de chagrin, maintenant je reste des heures sans penser. » Et sa douleur, à se raconter, devenait aussi neuve que le jour même où elle apprit, à Nîmes, la mort de son ami. « Savez-vous, me disait-elle, quelle idée j'avais, étant seule dans le train, ce soir-là ? J'aurais voulu entrer au couvent ! »

Elle rougissait de sa confidence, craignait que je ne la comprisse pas, mais moi, je me sentais le frère de cette petite fille,

Mon rêve fut toujours de convaincre celle que j'aimerais qu'elle entre à la Réparation ou au Carmel, pour appliquer pleinement les doctrines que je chéris et pour réparer toutes les atteintes que je leur porte. Jamais plus intense qu'auprès de cette petite fille, je n'eus la sensation d'être étranger aux préoccupations actives des hommes... A travers les vitres, je contemplais un sentier filant en ligne droite vers le désert, puis, découpées en ombres chinoises, deux jeunes filles gaies, riant à des ouvriers qui rentrent du travail, et j'y vis le grossier désir de perpétuer l'espèce, tandis que des aboiements de chiens signifiaient nettement les jeux, les querelles, toutes les vaines satisfactions de l'individu. Accablé dans mon

désolée dans cette maison pâle, et je souffrais de ne savoir le lui faire connaître.

fauteuil et pénétré de la douleur de mon amie, je me sentais infiniment dégoûté de

Elle pleurait, le front dans l'oreiller, a cette place même ou ils s'étaient tant aimés.

tous, sinon de ceux qui souffrent délicate-
ment et composent, dans leur imagination
enfiévrée, des bon-
heurs avec les frag-
ments qu'ils ont en-
trevus.

La maison lui
avait été donnée par
M. de Transe. Ce
pieux souvenir mêlé
à son sentiment
de propriétaire l'at-
tachait infiniment
aux moindres dé-
tails de son inté-
rieur. Elle voulut
me les faire con-
naître, en signe de
confiance et pour
couper notre tris-
tesse. Or, à la tête
de son large lit, était
suspendu un cha-
pelet béni par le
pape, un souvenir
de M. de Transe.
Je ne pus résister au
plaisir de le prendre
entre mes mains,
heureux de m'asso-
cier à son culte,
tandis qu'elle pleu-
rait, le front dans
l'oreiller, à cette
place même où ils
s'étaient tant aimés.

tout ce qui le concernait. Comment se serait-
il retenu de l'entretenir d'un amour dont il

A TRAVERS LES VITRES, JE CONTEMPLAIS UN SENTIER FILANT EN LIGNE DROITE
VERS LE DÉSERT.

Dans le cours de cette soirée, elle me
raconta encore une histoire que je trouve
touchante.

M. de Transe aimait beaucoup sa
grand'mère et lui racontait toutes ses préoccupations vives, sûr de trouver chez elle de
l'affection et une pointe d'admiration pour

était tout rempli? Cette excellente personne
accueillit ses confidences avec indulgence :
aucun de ceux qui aimaient son petit-fils
ne pouvait être sans vertu à ses yeux, puis
elle savait que cette jeune fille avait remis
à François une médaille sainte qu'elle portait à son cou, en lui demandant de ne quit-

ter jamais ce petit signe où se rejoignaient
leur piété et leur amour.

De son côté, Bérénice, sur la foi de son
amant, s'était prise de respectueux attache-
ment pour cette vieille dame qu'elle ne con-
naissait pas, mais considérait un peu comme
sa protectrice.

Or, un jour, à Nîmes, deux mois après
ses gros chagrins, Bérénice, toujours pâlie
de douleur, étant montée dans un tramway,
se trouva assise en face d'une personne âgée,
qu'à la couleur de ses yeux, à la douceur
de la bouche, à mille traits qui l'émurent,
elle n'hésita pas à reconnaître pour la
grand'mère de M. de Transe. Sans nul
doute, François avait montré à sa vieille
confidente un des chers portraits qu'il portait toujours sur lui, car Bérénice vit bien
qu'elle-même était reconnue. Les deux
femmes ne se parlèrent point : « mais, me
disait Bérénice, la vieille dame baissait les
paupières pour que je pusse la regarder
tout à mon aise, et c'était la figure même de
M. de Transe que je revoyais ; puis moi-même
je détournais mon regard pour qu'elle me fixât

sans gêne. Ainsi nous fîmes jusqu'au bout
de notre chemin, et j'ai bien vu qu'en descen-
dant elle avait les yeux pleins de larmes. »

J'admirais la tendre imagination de ma
Bérénice et tout ce qu'elle prêtait de délicatesse à sa chétive tragédie.

Cette première soirée que je passai avec
Petite-Secousse devenue grande me fut délicieuse sans restriction, et son récit avait
détourné de telle manière mon idée que
j'entrevis une forme d'amour supérieure à
la possession.

Si Bérénice n'avait guère de vertu, elle
avait beaucoup d'innocence, ce qui est plus
sûrement une chose bonne et gracieuse. La
vertu est le résultat d'un raisonnement, c'est
se conformer à des règles établies. Bérénice
avait par-dessus tout de la spontanéité ; ses
formes délicates renferment l'ardeur et l'abondance de sa race. Par le sentiment, elle atteint
du premier bond ce qu'il y a de plus noble, la
tristesse religieuse, cachée sous toutes les
vives douleurs. Rien qui soit aussi contagieux.
C'est pourquoi j'allai coucher à l'hôtel.

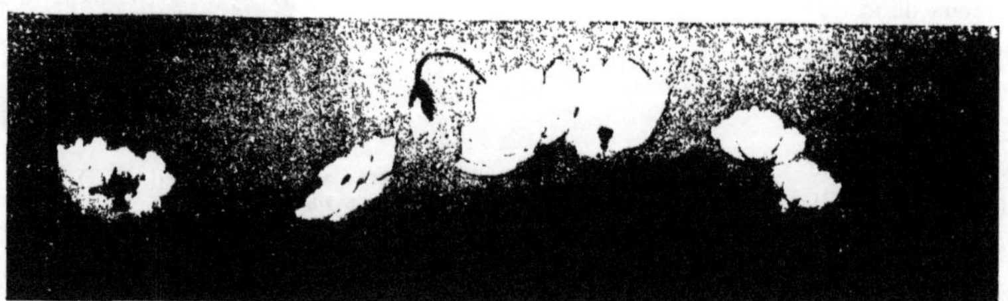

VI

JOURNÉE QUE PASSA PHILIPPE SUR LA TOUR CONSTANCE, AYANT A SA DROITE BÉRÉNICE ET A SA GAUCHE L'ADVERSAIRE.

Dans mon sommeil, je vis Bérénice se promener parmi les romanesques paysages d'Aigues-Mortes, et ils lui étaient le plus harmonieux des jardins.

Le jour ne dissipa rien du charme dont m'avait enveloppé son récit, et pour mieux m'en pénétrer, je désirai reposer mes yeux sur ces étangs, ces landes et cette mer qui, hier au soir et dans mon rêve, s'harmonisaient si intimement aux nuances et aux frissons de mon amie.

On m'indiqua le point le plus élevé des remparts, la Tour Constance, citadelle du treizième siècle, d'où je dominerais la région.

I. — VUE GÉNÉRALE ET CONFUSE

Tandis que je gravissais le mince escalier qui se dévide dans l'épaisseur des murs énormes, ai-je regardé ce que me montrait le guide de l'ingéniosité des guerriers moyenageux à se verser des huiles bouillantes sur la tête par le mâchicoulis? Je ne pensais qu'aux misérables qui, dans ces salles superposées, abîmes glacés et suintants de ténèbres, avec un cœur défaillant comme le mien, connurent le désespoir. A chaque bruit, ils craignaient qu'on ne vînt les faire souffrir; à chaque silence, qu'on ne les laissât périr de faim. Dégradés et abandonnés, comme ils sont pour moi pitoyables!

Le guide maintenant me décrit ce que furent ces salles pour les conseils qu'y tint saint Louis, à la veille de ses croisades. De hautes boiseries, puis des tapisseries revêtaient ces murs : les dalles étaient couvertes d'une litière de paille d'orge jonchée de fleurs fraîches qui la parfumaient. Nous avons perfectionné notre confortable ; avons-nous des méthodes pour mieux satisfaire la délicatesse de nos cœurs raffinés ?... J'ai rencontré à un tournant de mon ascension la chapelle aux arceaux nerveux, le coin secret où le roi s'agenouillait et suppliait Dieu qu'il lui accordât le don des larmes. Cette forte prière n'exprime-t-elle pas, avec la netteté des cœurs sans ironie, la volupté où j'aspire et que Bérénice semble porter aux plis des dentelles dont elle essuie ses tendres yeux ?

Dans cet angle étroit, je m'attarde, et je réfléchis que de ce long passé, des siècles qui font de cette tour la véritable mémoire du pays, rien ne se dégage pour moi que ceux qui méditèrent et ceux qui souffrirent...

En réalité, ils ne diffèrent guère.

Nos méditations comme nos souffrances sont faites du désir de quelque chose qui nous compléterait. Un même besoin nous agite, les uns et les autres, défendre notre moi, puis l'élargir au point qu'il contienne tout. Voilà l'ardeur inconsciente qui soutient chaque être sur la vie. Le sillage que laissent les morts donne excellemment la direction de leur existence ; or, l'ensemble de ces sillages nous apparaît comme un effort unanime pour prendre une conscience plus large de l'univers.

Telle est la loi de la vie. Avec nos futilités et parmi ces fausses nécessités qui nous pressent, qu'est-ce que Bérénice et moi-même ?

Cette tendre rêveuse souffre d'un bonheur perdu, rêve un peu confus et analogue à ces paradis que les peuples primitifs placent dans leur passé. Pour moi, dès mes premières réflexions d'enfant, j'ai redouté les barbares qui me reprochaient d'être différent ; j'avais le culte de ce qui est en moi d'éternel, et cela m'amena à me faire une méthode pour jouir de mille parcelles de mon idéal. C'était me donner mille âmes successives ; pour qu'une naisse, il faut qu'une autre meure ; je souffre de cet éparpillement. Elles se contredisent et se nient en moi, et pourtant je les reconnais comme des aspects d'une même âme indivise.

Dans cette succession d'imperfections, je suis obsédé de me reposer de moi-même dans une abondante unité. Ne pourrais-je réunir tous ces sons discords pour en faire une large harmonie ?

... Des problèmes analogues desséchaient le roi Louis, tandis qu'agenouillé sur ces dalles, il implorait le don des larmes. Avec une religion aussi vive, et simplement modifiée par les circonstances, je me préoccupe, moi aussi, de servir mon âme qui veut être émue. Je n'ai pas comme saint Louis de formule déterminée à laquelle me conformer, mais je cherche ma formule à travers toutes les expériences.

J'atteignais la plate-forme de la tour, et mon cœur se dilata à voir l'univers si vaste. Le passage de cette tour qui m'oppressait à cet illimité panorama de nature exprimait exactement le contraste de l'ardeur resserrée d'un saint Louis et de mes désirs infiniment dispersés.

Mais un petit phare de douze mètres s'élevant encore sur cette terrasse, je me refusai à rien regarder avant que je m'y fusse installé pour embrasser le plus long horizon.

Maintenant, à mes pieds, Aigues-Mortes, misérable damier de toits à tuiles rouges, était ramassée dans l'enceinte rectangulaire de ses hautes murailles que cerne l'admirable plaine, terres violettes, étangs d'argent et de bleu clair, frissonnant de solitude sous la brise tiède ; puis, à l'horizon, sur la mer, des voiles gonflées vers des pays inconnus symbolisaient magnifiquement le départ et cette fuite pour qui sont ardentes nos âmes, nos pauvres âmes, pressées de vulgarités et besoigneuses de toutes ces parts d'inconnu où sont les réserves de l'abondante nature.

Longtemps, sans formuler ma pensée, je demeurai à m'émouvoir de ces vastes tableaux et à aimer ce pays, de telle façon que si mauvais procédés qu'il ait pour moi dans la suite et quand même cet échauffement qu'il me donne m'apparaîtrait déraisonnable, cela jamais ne puisse être effacé que nous n'avons fait qu'un et que j'ai participé de sa gravité après tant de vaines agitations. Magnifique mélancolie, et misérable pourtant ! Satisfaction intense, mais privée de cette sécurité que seule saurait me donner la paix. Car je suis une minute de ce pays et pour cet instant il repose en moi, mais combien d'autres avant mon heure ont distingué l'âme de ce pays et l'ont fondue avec la leur, de ce même point de vue où je suis assis, pour s'en faire une belle âme unique ! puis cette beauté qu'ils s'étaient composée se dissipa, dans le même délai que mon émotion va s'affaisser.

Cependant, ma plénitude étant extrême pesait, comme la paupière dans le demi-sommeil, sur mon habituel sentiment de la désolante caducité des choses ; et je jouissais confusément, quand soudain, de la plate-forme, des voix montèrent jusqu'à moi, et je reconnus ma délicieuse Bérénice qui causait avec un jeune homme.

J'allai la saluer.

J'ATTEIGNAIS LA PLATE-FORME DE LA TOUR ET MON CŒUR SE DILATA A VOIR L'UNIVERS SI VASTE.

II — VUE DISTINCTE ET ANALYTIQUE DES PARTIES

Bérénice fit la présentation :

— M. Charles Martin, ingénieur.

Je reconnus mon acharné adversaire du comité arlésien. C'est un vigoureux garçon, avec le genre de distinction que peut avoir un professeur, et ce qui m'intéresse, il présente tous les caractères de l'homme passionné. Nous nous tînmes fort courtoisement et chacun de nous s'en savait gré à soi-même. Quand on est né chien et qu'on rencontre une personne née chat, il est toujours flatteur de sentir qu'on fait voir en ce moment le plus beau résultat de la civilisation, en ne se jetant pas l'un sur l'autre.

— Je vous croyais rentré à Arles, me dit Bérénice.

— J'ai manqué mon train, un peu volontairement ; voilà une heure que je suis dans la tour.

— Avouez que vous avez dormi là-haut, me dit M. Martin.

A ce ton, je reconnus immédiatement un de ces garçons qui se piquent d'esprit positif ; ils ont au moins l'esprit scolaire, c'est-à-dire l'habitude contractée dans les classes de croire que leur manière de sentir est la raisonnable, et tout le reste sottise ou hypocrisie. Or, personne plus que Charles Martin ne méprise la vie de contemplation. Il a l'habitude de déclarer : « Me prenez-vous pour un rêveur ? » Comme on dit : « Suis-je un pourceau ! »

— Mais non, lui répondis-je, un peu sur la défensive ; j'y ai pris, au contraire, un vif intérêt.

Il désirait la conciliation (d'où je le devinai amoureux de Bérénice), car il reprit :

— C'est juste, vous avez là quarante-deux mètres d'élévation, on y saisit à merveille la topographie. Il est fâcheux que vous n'ayez eu personne pour vous orienter dans ce panorama.

Il commençait des explications et même je pus craindre qu'il ne donnât des épithètes de beauté aux étangs, au désert, au ciel, aux choses d'archéologie. Mes impressions, jusqu'alors agréables, en eussent été radicalement coupées. Heureusement, il s'en tint à étiqueter de leurs noms exacts ces mornes étangs, ces arbres contractés et ces âpres herbages. Superflue technologie ! Les sentiments dont ils m'emplissaient me les désignaient suffisamment !

Parmi les notions toutes formelles qu'il nous donna, son expérience d'ingénieur du Rhône me fournit cependant certains détails qui confirmèrent et éclairèrent la physiono-

mie que d'instinct je m'étais faite du pays d'Aigues-Mortes.

« Toute cette plaine, nous dit-il, aux époques préhistoriques, était recouverte par les eaux mélangées du Rhône et de la mer. »

Elle ne l'a pas oublié. La contradiction de sa flore est le récit des luttes de cette terre pour surgir de l'Océan : sur les bosses croissent des pins, des peupliers blancs qui trouvent là l'eau de pluie nécessaire à leurs racines ; dans les bas-fonds encore imprégnés d'eau salée, des joncs, des sourdes, de ternes salicornes... N'est-ce pas de cette persistance dans le souvenir, de cette continuité dans la vie que naissent l'harmonie et la paix profonde de ces longs paysages ?

Bérénice, de qui je presse contre moi le bras, est harmonique à ce pays. C'est qu'elle a comme lui de profondes assises ; j'en avais eu tout d'abord une perception confuse. Un sentiment très vif des humbles droits de sa race au bonheur et un secret fait de souvenirs et d'imaginations, voilà toute son âme. Combien j'envie à cette enfant et à cette vieille plaine cette continuité dans leur développement, moi qui ne sais pas même accorder mes émotions d'hier et d'aujourd'hui ! C'est par là que j'aime ce pays, quoique je ne prétende pas en faire un champ de culture ; c'est par là que j'aime Bérénice, quoique je ne songe pas à la faire ma maîtresse ; et même, champ de culture ou maîtresse, je les aimerais moins que gardant leur tradition dans la tristesse, comme cette petite fille et ces sables salés.

A un autre instant, Charles Martin se félicitait que depuis trente ans on eût livré la majeure partie de ce pays à la culture et au défrichement. — Il en est ainsi des habitants, me disais-je ; les longues époques où notre race était en friche sont passées. Peut-être sur nos âmes a-t-il apparu des mo-

— M. Charles Martin, ingénieur.

difications plus frappantes depuis cinquante ans que durant trois siècles. Chez beaucoup d'entre nous, ce devient une grande difficulté de retrouver le fonds ; les âmes comme Bérénice sont bien rares. Mais allons à quelques pouces sous cette plaine d'Aigues-Mortes. très vite elle se révèle, et c'est par cetteconnaissance que nous pouvons l'utiliser. De même pour le peuple, il faut connaître sa tradition, ses besoins profonds. Cet ingénieur, qui le méprise et ne cherche pas à le pénétrer. veut lui imposer ce qu'il considère comme raisonnable !

Charles Martin, en effet. qui sait tout ce qu'on peut savoir de ces plaines tourmentées du Rhône, ne me paraît guère les comprendre ; en lui tout demeure à l'état de notion sans se fondre en amour.

Il est monté avec Bérénice sur ce belvédère pour qu'elle embrasse la nécessité de certains travaux qui lèsent. dit-elle, sa villa de Rosemonde. Et ce qui me frappe dans ses explications, c'est jusqu'à quel point, en tout et sur tout, il se refuse à accepter ce pays tel qu'il est et prétend lui imposer sa discipline.

L'unité ! voilà donc le rêve universel,

l'aspiration des esprits réfléchis et des plus grossiers. Elle satisfait les besoins moraux et les désirs des contemplatifs. mais elle est aussi la santé et le bien-être de nos corps : en sorte que la religion gœtienne, vivre en harmonie avec les lois de la nature, n'est que la formule la plus élevée de l'hygiène. La singularité de Charles Martin, c'est que dans sa suffisance de fonctionnaire et d'ingénieur, il imagine qu'il doit plier cette région sur la formule d'un beau pays, telle que l'établissent les concours qu'il a brillamment subis.

Foi naïve à la science! il croit que la parfaite possession de la terre, c'est-à-dire l'harmonie de l'homme et de la nature, résultera de l'application à tout le continent des mêmes procédés de culture et de transport. Des routes, des récoltes, des digues, ne sont pas pour lui des moyens, mais de pleines satisfactions où il s'épanouit. Comme il sourit de ces « assises profondes, de cette puissance de fixité » que perçoivent quelques-uns dans l'ensemble d'un paysage, dans un peuple! Ce sont elles pourtant qui m'invitent à m'affermir, à creuser plus avant et à étudier dans mon moi ce qu'il contient d'immuable. Quoi qu'en pense Martin, pour entreprendre utilement la culture de notre âme ou celle du monde extérieur, rien ne peut nous dispenser de connaître le fonds où nous travaillons. Il faut pénétrer très avant, se mêler aux choses, par la science, soit! par l'amour aussi, pour saisir d'où naît l'harmonie qui fait la paix et la singulière intensité de cette contrée. Sinon, vous continuez cette œuvre dont j'ai tant souffert, vous faites de la mobilité, de la vaine agitation. Vous croyez donner à ce jardin mille aspects nouveaux, vous n'avez touché qu'à la surface, et votre œuvre est de celles qu'emporte un caprice du Rhône ou quelque mouvement de notre humeur.

Ame triste et déshéritée de Bérénice, je vous aime ; je ne prétends pas vous imposer mon âme, mais à vous qui n'avez pas bouleversé sous mille cultures la part originelle que vous avez reçue de votre race, je demande que vous me soyez un directeur.

Et toi aussi, mélancolique pays, parent de Bérénice, enseigne-moi ;

L'un et l'autre, vous avez suivi le fil de votre race et l'instinct de votre sève ; moi je suis impuissant à rien défendre contre la mort. Je suis un jardin où fleurissent des émotions sitôt déracinées. Bérénice et Aigues-Mortes ne sauront-ils m'indiquer la culture qui me guérirait de ma mobilité? Je suis perdu dans le vagabondage, ne sachant où retrouver l'unité de ma vie. Je n'espère qu'en vous pour me guider.

Bérénice, qui attendait son amie de Nîmes, ne tarda pas à nous quitter, satisfaite de notre bonne entente et amusée de nous envoyer déjeuner côte à côte à l'hôtel.

Quoique pour l'ordinaire je répugne à supporter la contradiction, l'aventure me plut ; je sentais que ce compagnon méprisait d'une belle ardeur toutes les idées qu'il ne partageait pas, et c'est un plaisir de séduire des ennemis de cette sorte jusqu'à jeter ainsi le désarroi dans leur esprit catégorique.

Dès le potage, j'eus la satisfaction de voir net dans tous ses rouages, sans qu'il me comprît le moins du monde ; comme s'il eût posé cartes sur table, je connus tout le jeu d'images contradictoires où il s'embarrassait sur mon caractère.

Serait-ce un esprit chimérique? se disait-il, tandis que je lui parlais des misérables ; ou immoral? quand j'en vins à vanter certain phalanstère religieux. Pour trancher, il eût admis volontiers l'une et l'autre hypothèse, mais mon affabilité d'un ton très simple le préoccupait, et de cette attitude sans signification il cherchait à tirer des conclusions, bien plus que des idées que je

A TRAVERS LES PETITES RUES, SUR LES REMPARTS QUI DOMINENT L'HORIZON...

lui exposais. D'ailleurs, chacune de ses paroles était de vanité, et il me parut avoir, comme la plupart de ces hommes, un cerveau d'enfant dominé par des mots de spécialiste.

Saura-t-il jamais combien je l'ai goûté, l'excellent sot ! C'était un ingénieur de trente ans, avec une figure confiante d'adolescent, un regard très pur et le charme d'un jeune animal. Tout en lui était énergie. Comme il tenait pour droiture parfaite chacune de ses pensées ! avec quel entrain il méprisait ceux qu'il désapprouvait ! Ses certitudes, ses affirmations, son exclusivisme étaient pour moi choses si folles, si dénuées de clairvoyance, qu'il n'aurait jamais pu me blesser. Martin, en vérité, m'excitait autant que merveille au monde ; il m'emplissait d'une perpétuelle satisfaction à vérifier sur chacune de ses paroles combien je n'avais pas trop auguré de son animalité. Un jeune homme si cavalier doit beaucoup tenter les femmes !

situation politique dans le département. Aussitôt, du ton approprié :

— Je vous en prie, me déclara-t-il, j'aurai grand plaisir à causer avec vous sur tous sujets, mais pas de politique ! nous avons là-dessus des idées absolument opposées.

Cette phrase me remplit d'un délicieux bien-être ; je la prévoyais textuellement. Je l'assurai que je n'avais aucune intention de le contredire, ayant moi-même peu de confiance dans la dialectique, mais que je désirais me faire une vue claire des opinions qui lui

Les Couchers du soleil sont prodigieux a Aigues-Mortes.

Je savais que les comités gouvernementaux d'Arles songeaient à lui offrir la candidature officielle, et je lui parlai de la

étaient chères, afin de fortifier d'autant ma connaissance des vœux de tous les Français.

Ma réponse et mon sourire courtois lui parurent tels qu'il se fixa dans cette impression : « sceptique, sans conviction. » Parce que je montrais un goût très vif pour être renseigné sur toutes les convictions !

Mais pour que vous touchiez la faute constante de Charles Martin dans ses raisonnements, je noterai encore ce qui advint comme on servait le rôti. Un commis voyageur dit : « Avez-vous visité la tour Constance? les oubliettes?... il faut voir ça ! c'est là que saint Louis précipitait les protestants. » Il y eut un lourd silence, puis quelqu'un reprit, exprimant le sentiment de toute la table : « Ah! mes amis! nous avons la République, gardons-la bien ! »

A cet instant, l'adversaire crut que j'allais railler, et pour prévenir mon sourire il haussa les épaules, et sa moue attristée signifiait qu'une telle ignorance de la chronologie est tout à fait fâcheuse.

— Je ne partage pas votre impression, lui dis-je à mi-voix. Une erreur historique c'est peu grave, et ce que veulent signifier ces messieurs est fort net. Ils témoignent un goût très vif pour la tolérance philosophique ; ils entrevoient la conciliation possible de tous les idéals. Le même rêve m'obsède.

Distingue-t-on maintenant la qualité morale de Charles Martin?

Ah! celui-là n'est pas un égotiste, il méprise la contemplation intérieure, mais il vit sa propre vie avec une si grossière énergie qu'il la met perpétuellement en opposition avec chaque parcelle de l'univers. Il ignore la culture du moi : les hommes et les choses ne lui apparaissent pas comme des émotions à s'assimiler pour s'en augmenter ; il ne se préoccupe que de les blâmer dès qu'ils s'écartent de l'image qu'il s'est improvisée de l'univers.

Dans la vie de relations, il est un sectaire ; dans la vie de compréhension, un spécialiste. Il voit des oppositions dans la multiplicité et ne saisit pas la vérité qui se dégage de l'unité qu'elles forment. A chaque minute et de tous aspects, il est « l'*Adversaire* ».

III. — RECONSTITUTION SYNTHÉTIQUE D'AIGUES-MORTES, DE BÉRÉNICE, DE CHARLES MARTIN ET DE MOI-MÊME, AVEC LA CONNAISSANCE QUE J'AI DES PARTIES.

J'étais trop intéressé par ma chère Bérénice et par cette plaine, qui, toutes deux, manifestent si nettement cet immuable que je n'ai pas trouvé en moi ; il me fallait y méditer encore.

Je ne retournai pas à la villa de Rosemonde, je voulais goûter la forte nourriture que seule sait nous donner la solitude. Ses joies, dans leur brève durée, sont assez intenses pour effacer les longs ennuis inséparables de l'isolement; elles nous élèvent d'une telle ivresse que les plus distinguées frivolités de la vie de société dès lors sont mêlées d'amertume, pour qui se rappelle de quelle vigueur de sensation il se prive en se mêlant aux hommes. Est-il plus grand bien-être que se faire une idée nette d'un problème qui nous angoisse?

A travers les petites rues, sur les remparts qui dominent l'horizon et dans la plaine si triste près des étangs, je remâchais mes réflexions de la journée et les travaillais, en sorte que d'heure en heure elles me devenaient plus fortes et fécondes.

J'aimais cette campagne et j'avais la certitude de m'en faire l'image même qui repose dans les beaux yeux et dans le cœur attristé de Bérénice. Comme mon amie, je laissais mon sentiment se conformer à ces étangs mornes et fiévreux, à ce pays lunaire plein de rêves immenses et de tristesses résignées. Mais en même temps que Bérénice liait ainsi de ténues sentimentalités mon âme à Aigues-Mortes, je justifiais cette union de toutes les petites notions que m'avait données cet esprit sec de Charles Martin.

Quand le soleil fut à son déclin, je montai à nouveau sur la tour Constance, ne doutant pas que je n'y trouvasse de plus fiévreuses émotions, à cette heure où les rêves sortent des étangs pour faire frissonner les hommes.

Les couchers du soleil sont prodigieux à Aigues-Mortes. Je n'y vis jamais rien de brutal : ses feux décomposés par l'humidité de l'air prenaient tous les coloris tendres de la gorge des colombes, mais avec une grandeur et une sublimité de désolation que saint Louis, quittant ces rivages, ne dut pas retrouver égales dans les plaines de Damiette. Ici, rien de vulgaire, rien non plus qui date : ce lieu, qui se présente naturellement sous un aspect d'éternité, met en un clair relief combien est furtive la grâce de Bérénice, combien fugitive chacune de mes émotions les plus chères. Aigues-Mortes est une pierre tombale, un granit inusable qui ne laisse songer qu'à la mort perpétuelle.

Avec une prodigieuse netteté se détachaient les ondulations des côtes sur la mer. Et je songeais que le dessin en avait été modifié perpétuellement au cours des siècles. Ainsi que les flots, me disais-je, déforment chaque jour ce rivage, le flux et le reflux des mêmes passions agissent sur la sensibilité

des hommes. Bérénice, Charles Martin et moi, nous sommes des instants divers de l'intelligence humaine.

NOUS ÉCHANGEÂMES QUELQUES IDÉES ET DU PREMIER TRAIT IL FAILLIT PRENDRE BARRE SUR MOI.

Je touchais avec une certitude prodigieuse la puissance infinie, l'indomptable énergie de l'âme de l'univers que jamais le froid ne prend au cœur, qui ne se décourage sous la pierre d'aucun tombeau et qui chaque jour ressuscite.

A chaque minute, le paysage se transformait sous la lumière dégradante, de même que le long des siècles il s'est modifié sous l'ardeur de l'Océan et de même qu'il se modifie dans les esprits qui le contemplent. Dans cette solitude, dans ce silence singulier de mon observatoire qui ne laissait aucun vain bruissement sur ma pensée, dans cette facilité d'embrasser tout un ensemble, les analogies les plus cachées apparaissaient à mon esprit. Je voyais cet univers tel qu'il est dans l'âme de Bérénice, la physionomie très chère et très obscure qu'elle s'en fait d'intuition, l'émotion religieuse dont elle l'enveloppe craintivement ; je le voyais tel qu'il est dans le cerveau de « l'Adversaire », collection de petits détails desséchés, vaste tableau dont il a perdu le don de s'émouvoir par l'habitude qu'il a prise de réfléchir sur quelques points. Et moi, me fortifiant de ces deux méthodes, je suis tout à la fois instinctif comme Bérénice, et réfléchi comme l'adversaire ; je connais et je sympathise ; j'ai une vue distincte de toutes les parties et je sais pourtant en faire une unité, car je perçois le rôle de chacune dans l'ensemble. Je suis religieux comme Bérénice, mais je sais pourquoi. J'ai des émotions spontanées, mais je les cultive avec une méthode qui dépasse encore la méthode de Charles Martin.

L'obscurité était venue. Cependant j'exprimai au gardien de la tour le désir de rester là encore quelques instants, et je le priai qu'il s'éloignât.

Maintenant que l'univers était rempli de nuit, un tableau plus beau encore m'apparaissait. Dans ce recueillement, les êtres prenaient toute valeur : ce n'était plus Bérénice que je voyais, mais l'âme populaire, âme religieuse, instinctive et, comme cette petite fille, pleine d'un passé dont elle n'a pas conscience ; pour Charles Martin, c'était la médiocrité moderne, la demi-réflexion, le manque de compréhension, des notions sans amour. Mais moi-même je n'existais plus, j'étais simplement la somme de tout ce que je voyais.

Toute passion individuelle avait disparu. Je n'opposais plus mon moi à Bérénice, ni à Charles Martin ; ils m'apparaissaient comme un instant pittoresque des merveilleuses destinées de l'humanité. Et moi, enivré de cette compréhension, je me jugeais assis sur la tour Constance, réfugié dans ce qui est éternel, possesseur du grand et universel amour. J'atteignais enfin, pour quelques secondes, au sublime égoïsme qui embrasse tout, qui fait l'unité par omnipotence et vers lequel mon moi s'efforça toujours d'atteindre.

Tel est le récit de la merveilleuse journée que je passai sur la tour Constance, ayant à ma droite Bérénice et à ma gauche l'Adversaire. Et, en vérité, ce nom de *Constance* n'est-il pas tel qu'on l'eût choisi, dans une carte idéologique à la façon des cartes du Tendre, pour désigner ce point central d'où je me fais la vue la plus claire possible de ces vieilles plaines et de cette Bérénice remplie de souvenirs ? C'est en effet l'idée de tradition, d'unité dans la succession qui domine cette petite sentimentale et cette plaine ; c'est leur constance commune qui leur fait cette analogie si forte que, pour désigner l'âme de cette contrée et l'âme de cette enfant, pour indiquer la culture dont elles sont le type, je me sers d'un même mot : *Le jardin de Bérénice.*

CONCLUSION : CRITIQUE DE CE POINT DE VUE

Je regagnais Arles par le dernier train, le hasard me fit voyager avec Charles Martin. Nous échangeâmes quelques idées et du premier trait il faillit prendre barre sur moi.

Il remarquait avec complaisance que les vieilles maisons disparaissent d'Aigues-Mortes et qu'on y construit beaucoup de fabriques. M'étant penché à la portière, je ne pus que vérifier son assertion, et j'en eus de la tristesse au point de suspecter mes belles émotions de la tour Constance, car toutes naissent de l'idée qu'Aigues-Mortes est une vieille ville à qui les siècles n'ont pas fait oublier son passé et qui reçoit sa beauté de cette constance.

Mais très vite je sentis que, malgré tout, la dominante d'Aigues-Mortes demeurait d'être une ville de souvenirs. On ne peut

pas interrompre la vie ; il y a des choses récentes dans Aigues-Mortes, c'est vrai, mais
quoi ! il suffit que nous y trouvions le fil de
la vie, la tradition et cette unité dans la succession, grâce à quoi elle produit sur le visiteur une impression si particulière. Ma
chère Bérénice, elle-même, a dans la tête des
préoccupations banales ; dans le cœur, peut-
être des petitesses ; elle n'est pas remplie que
de noble mélancolie et de souvenirs ; je vois
en elle des choses de ce temps. Mais enfin elle
est belle et précieuse, parce que son caractère
est d'éveiller notre vieux fonds de sentiments
et d'émotions héréditaires, et que comme Aigues-Mortes elle se souvient de soi-même.

Voilà comment j'échappai à l'objection
de l'Adversaire. Objection de portée immense ! car le fond de ma préoccupation
n'était ni Bérénice, ni la campagne d'Aigues-Mortes ; je ne pensais qu'à l'action électorale que je venais entreprendre à Arles.
Je ne pensais qu'au peuple. « Quelle est
son âme ? » me demandais-je, « je veux fris-
« sonner avec elle, la comprendre par l'a-
« nalyse du détail, comme l'Adversaire, et
« par amour, comme Bérénice ; arriver enfin
« à en être la conscience. » Qu'aurais-je
conclu, si j'avais dû reconnaître que je
m'étais mépris en trouvant une part originelle dans Aigues-Mortes et dans Bérénice ?
Il m'eût fallu renoncer aussi à dégager la
tradition de la masse ! « Tout cela a disparu, me disait implicitement Charles Martin. Ce sont des imaginations littéraires que
dissipe la moindre enquête. »

Nul doute qu'un esprit de ma qualité
n'eût triomphé de moi à cet instant, car
j'étais très épuisé par ma dépense d'admiration et mes subtilités. Dès lors, il ne m'eût
plus resté qu'à abandonner Arles et la vie
active. Mais vraiment « l'Adversaire » s'y
était pris trop grossièrement. Et la bassesse
de sa dialectique m'empêcha de me dérober
à ma nouvelle tâche.

Le Grau-du-Roi, groupe de maisons basses bordant un canal jusqu'à la mer.

VII

LA PÉDAGOGIE DE BÉRÉNICE.

Mon enfant, donne-moi ton cœur.

(PROVERBES.)

Dès lors, je vins souvent d'Arles à Aigues-Mortes visiter ma chère Bérénice. Jusqu'à quel point son contact m'était délicieux, on ne le comprendra que si l'on imagine la fatigue, la poussière des complications électorales d'où je m'échappais pour me rafraîchir dans la petite maison des étangs.

Bérénice ne parlait guère, mais son sourire et la ligne de son corps avaient une façon si mélancolique et si fine, avec un naturel parfait! Il y avait en elle l'étrangeté délicate de cette renaissance bourguignonne du quinzième siècle qui fut la moins académique des tentatives. C'est au milieu des rares vestiges de cet art qui poursuivit passionnément l'expression, parfois aux dépens

de la beauté, que s'était ouverte sa première jeunesse. Elle avait de ces images leur finesse un peu souffrante, mais sans raideur gothique, plutôt mouillée de grâce. Il me semblait parfois que les faiblesses sensuelles de son âme avaient transpiré sur tout son jeune corps et en baignaient les contours.

Au bord de ces eaux pleines de rêves, son élégance froissée par aucun contact et son ignorance prodigieuse de toute intrigue faisaient d'elle le plus précieux des repos. Eûtes-vous jamais un sentiment plus ardent des arbres verts et des eaux fraîches que dans la paperasse des bureaux? jamais plus le goût d'une passion vive qu'au soir d'une journée de confus débats? Cette petite fille contentait le besoin de sincérité et de désintéressement qui grandissait en moi, tandis que je me soumettais aux conditions de ma réussite. Les heures passées auprès d'elle m'étaient un jardin fermé, où je me-

nais une passionnante contestation sentimentale,

Notre ordinaire, dans mes séjours d'Aigues-Mortes,
était de marcher
dans cette
campagne

comme paraît cette terre ; c'est qu'en étaient
bannies toutes banalités ; nous n'admettions
rien entre nous que de personnel et de parfaitement sincère.
Nous avions nos
longs silences,
comme cette terre a
ses landes pelées,
et peut-être n'est-
elle jamais plus no-
ble que dans ces
friches semées de
sel et balayées du
vent de la mer.

Nous réservions
pour nos soins pri-
vés les instants
grossiers du milieu
du jour, ces après-
midi où l'épaisse
congestion n o u s
prive tout à la fois
de frivolité et de
profondeur. mais la
fraîcheur du réveil
et la lassitude du
soir favorisaient
également notre dé-
licieux commerce
d'abstractions.

Un matin, à
travers les marais
salants, nous al-
lâmes visiter le
bourg du Grau-
du-Roi, qui est le
port d'Aigues-Mor-
tes. Un vent léger

NOTRE ORDINAIRE, DANS MES SÉJOURS D'AIGUES-MORTES, ÉTAIT DE MARCHER
DANS CETTE CAMPAGNE.

divine et de ne tolérer sur nos âmes que
des sentiments analogues à ceux qui flot-
tent sur ses étangs ou végètent sur sa lande.
Notre conversation eût paru desséchée

rafraîchissait le front, les yeux, la bouche
de mon amie Bérénice et découvrait sa
nuque énergique de petite bête. Elle fran-
chit avec aisance ces trois kilomètres, sans

daigner regarder ce paysage plus qu'un jeune bouleau ne s'inquiète de la noble tristesse des horizons du Nord dont il est un des caractères. Pour moi, étranger dans cette vie harmonieuse, j'en prenais une conscience intense.

Le Grau-du-Roi, groupe de maisons basses bordant un canal jusqu'à la mer qui s'espace à l'infini, porta mon imagination en pleine Venise, comme une note donnée par hasard nous jette dans la cavatine fameuse de quelque opéra italien... C'était vers les dix heures, par un tendre soleil, et la brise emportait au large toutes nos rêveries, symbolisées sur l'horizon par des voiles déployées. Au Grau-du-Roi, les maisons sont teintes de rose pâle, de jaune et de vert délayé. Aucun bruit que le long bruissement qui vient de la mer

ne froissa mes nerfs suprasensibles, tandis qu'assis auprès d'elle, qui représente pour moi la force mystérieuse, l'impulsion du monde, je goûtais dans le parfum léger de son corps de jeune femme toute la saveur de la passion et de la mort. Or, comparant mes agitations d'esprit et la sérénité de sa fonction, qui est de pousser à l'état de vie tout ce qui tombe en elle, je fus écœuré de cette surcharge d'émotions sans unité dont je défaille, et je songeai avec amertume qu'il est sur la terre mille paradis étroits, analogues à celui-ci, où, pour être heureux, il suffirait d'être comme mon amie une belle végétation et de me chercher des racines, ces assises morales qu'elle avait trouvées en pleurant dans les bras de M. de Transe.

Parfois, le soir, après le repas, quand je sentais, dans un soupir de Bérénice un peu nais dans ses yeux de petit animal au moment même où elle pleurait M. de Transe, le seul ami dont elle eût jamais frissonné, suffisait à ne pas irriter mon désir.

affaissée, que notre manie allait la lasser, je la laissais à sa futile camarade, Bougie-Rose, à sa domestique, de qui sa bonne grâce avait su tirer une humble amie, et je gagnais Aigues-Mortes par le sentier des étangs.

Seuls les saints la connurent, mon hystérie de méditation et cette violente variété d'abstractions, où je me plongeais, tout en côtoyant ces marais lunaires vers l'ombre gigantesque des murailles amplifiées par la nuit ! Puis sur le large trottoir de la petite place où veille un saint Louis héroïque de Pradier, apercevant dans une demi-obscurité la rude église du douzième siècle, je m'enorgueillissais que ce pays ne fût utile qu'à mon éducation et que Bérénice, non plus, n'eût d'autre mission, enfant chargée de voluptés qu'elle laisse non cueillies se faner royalement sur elle-même.

Cela est certain qu'elle ne se serait pas refusée, mais cette assurance que j'en pre-

Visiblement, je lui plaisais, et comme il convient pour que le sentiment soit vrai, d'instinct physique et de confiance. Parfois, dans nos promenades, tandis que je m'enivrais sans jamais m'en lasser de cette tristesse épanouie à tous les plis de son beau visage, elle me disait, avec l'éclatant sourire dont ses années de libertinage lui firent connaître l'irrésistible empire : « Venez plus près de moi, » et elle m'attirait au fond de la voiture contre son jeune corps. « A quoi pensez-vous ? » interrogeait-elle, un peu mal à l'aise de ce compagnon, de qui, aujourd'hui comme jadis, les mobiles lui échappaient. Mais que je fusse distrait, ce lui était un suffisant motif de me goûter davantage, pour mon *originalité*, disait-elle, bien à contre-sens, car je n'étais qu'un esprit compréhensif, enveloppé, et conquis par l'abondante végétation qu'elle projette comme une plante vigoureuse.

« A quoi pensez-vous, Philippe ? » et je songeais qu'il est sur la terre bien de femmes dont le sein cache un beau trésor de douceur et de haute sagesse selon la nature, et qu'aucun n'aimera avec désintéressement parce que leurs corps voluptueux troublent de désir qui les approche.

Elles-mêmes, si délicates pourtant, sollicitent ces grossiers hommages. Mais m-

Bérénice, qui sur ses lèvres pâles et contre ses dents éclatantes garde encore la saveur des baisers de M. de Transe, ne sera pas déçue si je ne lui apporte qu'un amour en apparence brillant et froid, une tendresse clairvoyante. Car le jeune homme qui n'est plus lui a laissé de passion ce qu'en peut contenir un cœur de femme. et cette passion, loin de s'évaporer avec le temps, se concentre dans la souffrance. La mort qui a clos les yeux aimés où se penchait Bérénice, seule aussi pourra dissiper le vertige que cette enfant y prit. Ainsi, remplie d'un grand amour, elle ne demande à mon amitié d'autre passion, d'autre caresse qu'une tendre curiosité pour le bonheur qu'elle pleure. Or moi-même, dans ma dispersion d'âme, je ne puis mieux me servir qu'en me faisant le collaborateur de ces sentiments de nature. Cette sympathie trouble de Bérénice pour sa race, pour l'univers, me sera une forte médication. Nulle ne fut dans de meilleures conditions que cette petite fille. toute ramassée dans l'amour d'un mort, pour avoir une grande unité de vie intérieure ; je désirai y participer.

Précisément il était aisé d'y progresser à cause de son éducation particulière ; comme elle était habituée à faire voir son jeune corps sans voiles, elle laissa aussi mes mains se promener sur son âme passionnée.

Voici les principes de vie que m'inspira la mélancolie de son visage, les voici tels que durant nos longs colloques je les lui formulai : pour son usage, disais-je, mais aussi pour le mien. Ils peuvent se ramener à trois points que je vais indiquer brièvement. S'il m'arrive de systématiser des notions qui prenaient plus de mouvement des circonstances mêmes où elles naissaient, du moins suis-je assuré de n'en pas fausser le caractère.

1° LA MÉTHODE DE BÉRÉNICE

Ce qui me frappe dès l'abord en vous, Bérénice, lui disais-je, c'est que vous avez le recueillement, la vie intérieure et cette sève abondante qui élança chez quelques-uns de si admirables ascétismes.

Non pas qu'ayant fermé les yeux vous soyez arrivée à comprendre la loi du monde, comme font

CE QUI ME FRAPPE EN VOUS, BÉRÉNICE,
C'EST LE RECUEILLEMENT.

les Marc-Aurèle et les Spinoza, par la force logique de votre esprit, mais une passion dont tressaille votre petit corps vous a fait vivre parallèlement à l'univers.

être artificiel ; une Espagnole à qui je reprochais un jour, ayant l'habitude de penser tout haut, de ne pas ressembler assez à un Goya, me répondit très justement : « Chez nous ce ne sont plus que les femmes du peuple qui portent des mantilles ; je ne serais pas une vraie Espagnole d'aujourd'hui si je m'habillais ainsi. » Parole très fine ! Elle eût paru déguisée en Espagnole. Ainsi, ma chère amie, pour me donner l'image de l'instinct, ne t'avise pas de chercher la simplicité ! Sois subtile, si ça t'est plus commode.

Vous n'avez pas mis dans une formule, comme ces sublimes raisonneurs, l'âme du monde, mais on voit s'agiter en vous la force même qui conduit le monde. Et vos inquiétudes passionnelles, qui précisément ne vous laissent pas prendre conscience de l'univers, m'aident à entendre la réclamation des simples fleurs, des pauvres animaux qui souffrent comme vous pour avoir entrevu un état plus heureux, et comme vous, comme nous tous, veulent monter dans la nature.

Ton rôle, ma Bérénice, est de faire songer aux mystères de la reproduction et de la mort, ou, plus exactement, il faut qu'en toi tout crie l'instinct et que tu sois l'image la plus complète que nous puissions concevoir des forces de la nature. Rien de plus, mais quelle tâche délicate !

N'essaie pas d'être nature, c'est souvent

Ta méthode, tu le conçois bien, ne doit être en rien d'expliquer la vérité. Je dirai même que tu dois éviter la moindre explication, tu n'y réussirais pas (as-tu seulement le vocabulaire abstrait convenable ?), mais sans que tu le saches, chacun des mouvements de ton âme me révèle le sens de la nature et ses lois.

2° LES PLAISIRS DE BÉRÉNICE

Ton plaisir, ma chère Bérénice, c'est d'être enveloppée par la caresse, l'effusion et l'enseignement d'Aigues-Mortes, de sa campagne et de la tour Constance. « C'est là seulement que je me plais, » me dis-tu. Elles te tiennent des discours dont tu peux te demander si ce n'est pas toi qui les leur a confiés. Tu te mêles à Aigues-Mortes ; tes sensations, tu les as répandues sur toutes ces pierres, sur cette lande desséchée, c'est toi-même que te restitue la brise qui souffle de la mer contre ta petite maison, c'est ta propre fièvre qui te monte le soir de ces étangs.

Et pourtant, cette rêverie où vous vous abandonnez, Aigues-Mortes et toi, ne te suffit pas. Ton âme dispersée sur cette terre, ta souffrance émiettée, tu aurais plaisir à les resserrer, à t'y recueillir, à en déguster chaque détail. Aigues-Mortes reste trop dans les généralités ; tu as besoin d'un confident plus intime et aussi plus explicatif. Ta petite âme suave, si frémissante à toutes les solidarités de la nature, précisément parce qu'elle est neuve, obscure, a peu conscience d'elle-même ; toi qui t'accordes profondément avec cette contrée, tu t'inquiètes pourtant, tu te crois isolée ; tu aspires à rentrer dans le personnel. C'est pourquoi je projette que tu jouisses, que nous jouissions ensemble des voluptés de la confession.

En te révélant à moi, tu oublieras ta solitude ; tu t'épancheras, et donneras ainsi la gaieté des eaux vives aux douleurs qui croupissent en toi.

Par la méditation et l'examen de conscience en commun, on pénètre bien plus finement en soi-même. C'est une méthode que j'ai expérimentée avec mon ami Simon, — charmant garçon

que j'ai un peu perdu de vue, mais que je veux te faire connaître ; je suis arrivé sur des points tout à fait nouveaux de moi-même.

Enfin, étant ton confesseur, je serai en même temps ton directeur de conscience, et dans les commentaires que je veux faire sur ton âme j'aurai soin de te la présenter sous le jour le plus favorable, en sorte que tu ressentes de la quiétude et une grande paix.

La volupté de l'épanchement, le bien-être de la pleine lumière et le calme du pardon, voilà ce que tu trouveras dans la confession, qui est véritablement le seul plaisir digne de Bérénice.

3° LES DEVOIRS DE BÉRÉNICE

Tu as des devoirs, Bérénice. Il ne suffit pas que tu sois une petite bête à la peau tiède,

aux gestes fins, et une enfant qui se confesse avec naïveté ; tu dois être mélancolique.

Que ton visage m'offre le plus souvent cette touchante gravité qu'il prend quand tu songes à M. de Transe et même à rien du tout. Le pli de ta bouche, la nuance de tes yeux, ton silence me remplissent de tris-

tumes que vous eussiez connues au soir de vos jours d'amour, si vos désirs avaient été mêlés de jalousie.

Les jouissances de l'amour n'augmentent guère l'individu ; le plus net d'elles profite à l'espèce. Peut-être l'amour heureux s'épanouit-il en vertus physiques et morales chez les descendants, mais les amants n'en gardent que le vague souvenir d'un incident peu qualifié. Les souffrances d'amour, au contraire, marquent ceux qui les supportent, au point que quelques-uns en sortent méconnaissables ; elles décantent nos sentiments, fécondent des cellules jusqu'alors stériles de notre moelle, et nous poussent aux émotions religieuses.

Tes lèvres pâlies de chagrin dans ton visage incliné, la désolation de ton regard, tandis que tu soutiens entre tes douces mains, — entre ces mains qui participèrent à tant de caresses, — le corps de M. de Transe, toute cette image que j'ai de toi sous mes paupières, me sont, ô ma chère madone, un plus enivrant spectacle que tu ne lui fus jamais quand tu te pâmais dans ses bras. Et ce jeune homme même, qui n'était qu'un oisif élégant, par sa mort devient un admirable appui à notre exaltation ; la beauté et la noblesse sans ombre ne vêtirent jamais un vivant, mais qui les contesterait à celui qui repousse ayant pour oreiller ton cœur !

LA PLAINE ÉTAIT DÉSOLÉE ET SÈCHE SOUS LE SOLEIL COUCHANT ET NOUS LA TRAVERSIONS.

tesse et d'amour ; c'est dans nos tristesses que nous désirons le plus posséder la vérité pour qu'elle nous soit un refuge, et c'est par l'amour que nous la trouvons, car elle n'est pas chose qui se démontre.

Aussi je vous dirai : louez votre souffrance, n'en prenez pas de découragement. Votre mélancolie est plus noble et plus utile qu'aucune alacrité. Quelle que soit votre répugnance à l'admettre, croyez bien que jamais vous n'avez rien éprouvé d'aussi précieux que vos grandes tristesses de jeune veuve amoureuse. Jamais votre sentiment ne fut aussi épuré de vulgarité, aussi proche d'un sentiment religieux. Non, rien ne vous pouvait être plus fécond que votre deuil, sinon peut-être les profondes amer-

Cet enseignement de la méthode, des plaisirs et des devoirs de Bérénice, je le dessèche pour l'exposer selon les procédés scolastiques, mais il se mêlait vivant et épars à tous les circuits de nos longues promenades. Que goûtiez-vous, dira-t-on, sur cette terre sèche avec de si sèches idéologies? La plus prodigieuse exaltation d'esprit.

Ne la preniez-vous jamais dans vos bras? Vulgaire imagination! D'ordinaire, les hommes sont si peu capables de donner une solution à notre haut problème de méthode, concilier la complexité des sentiments et leur unité, qu'ils n'entendent même pas que l'ardeur des sens et l'amour sont des passions distinctes, fort séparables. Elles sont réunies au plus bas de la série des êtres; d'accord! mais c'est que chez les plantes et chez les pauvres animaux des premières étapes toutes les fonctions sont mal différenciées. Comment l'homme affiné s'entêterait-il dans cette grossière simplification? Très souvent, c'est l'empêchement où nous sommes de charger notre train de maison qui nous force à demander ces satisfactions à un même objet. Mais pour ces fonctions délicates, peut-on trouver un bon Maître Jacques! Que d'autres procèdent par élaguement; qu'ils satisfassent leurs sens et suppriment l'amour; je me chéris trop pour me priver d'aucun plaisir. Seulement, à Bérénice, ce que je demande, ce n'est pas le petit corps, d'ailleurs fort élégant, qu'on lui voit, mais sa puissance de se concentrer, son sentiment du passé, tout ce misérable et charmant instinct qui m'avertit mieux qu'aucun naturaliste des véritables lois de la vie.

Le meilleur usage que je pus tirer d'elle, c'était bien nos heures de pédagogie, alors que je raisonnais en les élargissant tous les mouvements de cette petite âme qui ne peut rien dissimuler.

« Quel sentiment avez-vous pour moi? » me demandait-elle un jour, avec son sourire un peu triste, dont elle avait assurément remarqué qu'il accompagnait toujours avec avantage ce genre de question. « De l'inclination, » lui répondis-je, étonné moi-même de trouver sans hésitation le mot exact, celui qui convient tout à fait au sentiment qui m'incline sur elle pour y saisir les lois mystérieuses de la vie, la bonne méthode.

Admirable soirée, celle où je lui dis ce mot! Comme elle résume dans mon souvenir toute cette phase de ma vie! La plaine était désolée et sèche sous le soleil couchant et nous la traversions après une longue conversation aride et fiévreuse. Pourtant, notre discours pas un instant n'avait été sans grâce; le genre de Bérénice, qui tout de même est Petite-Secousse, ne permet pas que notre pédagogie glisse jamais à la pédanterie. Et la terre avait aussi son charme, car ces doux hivers du Midi mettent des mollesses de Bretagne sous le ciel abaissé d'Aigues-Mortes. Telle était cette lande et tel notre débat qu'il me semblait que nous revenions d'une promenade sur l'emplacement de la forêt des Ardennes défrichée.

A petits pas nous rentrions à Rosemonde; elle n'avait pas de fleurs dans ses mains, et moi de notre course je ne rapportais non plus aucune notion. Mais au sang de ses veines s'était mêlé plus de soleil, plus de sel marin, plus du parfum des fleurs, et en moi s'était rafraîchi l'instinct, la force vive qui produit les hommes.

Et si, dans ce couchant, elle se chagrinait légèrement que je ne ressentisse pour elle que de l'inclination, elle n'en goûtait que plus de volupté à caresser le souvenir de M. de Transe. Dès lors je l'aimais davantage, cette chère petite veuve, puisque c'est en cette piété que nous nous rejoignons; et elle-même, à se sentir si dépourvue, eût voulu se serrer plus fortement contre moi, car n'est-ce pas son isolement qui la fait se complaire sous ma tendre direction?

Sa chère tristesse, ses douces mains vides, voilà mon précieux trésor.

VIII

LE VOYAGE A PARIS ET LA GRANDE RÉPÉTITION SOUS LES YEUX DE SIMON

Dans ce temps-là, j'eus à parler au général Boulanger. Pour distraire Bérénice, je la décidai à m'accompagner, et j'écrivis à mon ami Simon de nous rejoindre à Paris. Depuis quelque temps, je désirais vivement les rapprocher l'un de l'autre. Quoi de plus piquant que d'essayer, dans une même soirée, ces deux compagnons, que je pourrais nommer les deux meilleurs trapèzes de ma gymnastique morale, les plus belles raquettes qu'ait trouvées mon imagination !

Après l'expérience de Saint-Germain, Simon s'était retiré dans la propriété de ses parents. Depuis huit mois, il y vivait en hobereau, s'appliquant à acquérir les tics du chasseur et du propriétaire, se composant, pour tout dire, cette même tête de vieux philippiste anglomane qu'il supportait si impatiemment chez ses voisins. Contradiction qu'il justifiait par le raisonnement suivant : « Moi, disait-il, je me fais hobereau après avoir médité sur les autres vies et parce que c'est encore de celle-ci que s'accommode le mieux mon dégoût d'effort et ma pénurie d'argent ; mes parents, au contraire, et mes voisins ne sont dans ces manies que par ignorance de ces curiosités variées dont ils professent tant de dédain. Ce qui résulte chez moi d'une large compréhension, chez eux n'est qu'étroitesse d'esprit. »

Vous avez reconnu là une application rurale de notre axiome essentiel : « Les actes ne sont rien, la méthode qui nous y amène est tout. » Simon avait toujours une excellente philosophie.

Aux champs, elle gâtait ses plaisirs en ce sens que, même à la chasse, il pensait, et ses idées lui étaient si fort ressassées qu'elles l'écœuraient et que la chasse elle-même lui devint un temps de dégoût. On conçoit que mon invitation lui agréa.

A Paris, la tristesse de ma Bérénice s'accentua au point que cette petite fille devint capricieuse ; la vie d'hôtel a des fatigues excessives pour une jeune femme déshabituée de notre civilisation parisienne sans confortable. Et puis, cette sécheresse, cette hâte des grandes villes, comment ne froisseraient-elles pas des regrets amoureux auxquels la brume des étangs d'Aigues-Mortes avait été un liniment et un feutrage contre la vie.

où j'aurais voulu lui faire plaisir, mais l'extrême indécision de nos caractères nous laissait l'un et l'autre dans le plus pénible énervement. Le soir tombait, une fin de novembre pleine d'humidité, quand au milieu de Paris, soudain attristé de gaz, nous sortions de chez les couturières ; que de regrets n'emportait-elle pas ? Alors, sous la fatigue et à cause du crépuscule, elle demeurait dans un mutisme qui n'était pas bouderie, mais la souffrance d'un pauvre animal, mêlée de défaillance physique et de regrets obscurs. Petite fille qui se figure s'être tant amusée avec celui qui est mort !

Et moi, j'aurais aimé la prendre doucement dans mes bras et lui dire : « Ne proteste pas contre ton souvenir, aime l'image de celui qui est mort, donne-toi à cette image jusqu'à satiété, pleure et je m'attristerai à ton côté, de regret pour tout ce que je ne puis posséder. Tu es douce, sincère et chagrinée, je te goûte, petite amie, mais je suis trop maladroit pour caresser ton instinct dont j'ai une si grande curiosité ; parle du moins, parle beaucoup et tu croiras vivre. »

Le jour de l'important dîner que je vais raconter, nous avions passé notre après-midi, Bérénice et moi, dans les magasins,

Simon, arrivé dans la journée, nous avait priés à dîner aux Champs-Elysées. L'heure était venue de nous rendre à ce passionnant rendez-vous.

Quand le garçon nous ouvrit le cabinet où Simon nous attendait, ce véritable ami eut son geste sec et nerveux qui est à la fois d'un demi - épileptique et d'un cabotin de névrose, comme le deviennent en quelque mesure tous les analystes ; puis nous prîmes plaisir à rire en nous regardant, car Simon et moi véritablement nous nous sommes organisé dans la vie des fêtes très particulières, et le bouquet de tous ces vins bus, évoqué par notre rencontre, nous remplissait dès ce premier abord d'une délicieuse ivresse. Cependant, il lançait sur Bérénice un regard d'amateur sympathique dont la conviction me parut une complaisance délicate de ce vieil idéologue.

Mais déjà, laissant le garçon soumettre le menu à Bérénice, nous rentrions de plain-pied dans notre domaine métaphysique, et Simon avec feu s'informait de l'atmosphère morale que me fait ma spécialité actuelle.

Ces deux minutes nous avaient suffi pour constater que nos sourires, que nous

LA MISÈRE DE SAINT LABRE.

guettions, ont gardé cette lumière qui jadis nous désigna l'un à l'autre.

Simon a véritablement le sens de la

géographie des âmes ; il sait dans quelle région intellectuelle je suis situé. Pas un instant il n'a admis que je fisse de *l'action*, au sens qu'ils opposent à *contemplation*. Dans la retraite de Saint-Germain, il se le rappelle, nous coupions nos fortes méditations par des parties de raquettes ; de même, je m'accommode, comme d'une détente hygiénique, de faire méthodiquement et sans plus discuter qu'un militaire, ce que la politique comporte de démarches ; mais l'important, c'était de jeter du charbon sous ma sensibilité qui commençait à fonctionner mollement.

— Tu sais, lui dis-je, que ma méthode de culture est de créer des sentimentalités nouvelles pour les projeter sur mon univers qui se fane à l'usage avec une prodigieuse rapidité. J'ai essayé ces temps-ci le contact avec les groupes humains, avec les âmes nationales, et ce que j'en ai tiré, tu le verras, dépasse singulièrement toute prévision. Mais organiser des comités, donner audience, polémiquer, ce sont besognes où je ne mets que la partie de moi-même qui m'est commune avec le reste des hommes. C'est ainsi que j'imagine très bien un Spinosa, un saint Thomas d'Aquin, employés tant d'heures par jour dans un greffe, sans rien y compromettre de ce qui leur est essentiel. De ces conditions inévitables de ma poursuite, je n'emporte que des impressions fort superficielles ; au plus pourraient-elles me fournir des plaisanteries de conversation, si d'ailleurs je ne jugeais oiseux ce genre-là.

— Fort bien, me dit Simon, tu as excellemment posé ton attitude. Mais dis-moi maintenant quelle réaction produit sur ton vrai moi ta nouvelle gymnastique.

A peine lui répondais-je, sur mes premiers mots, il m'arrêta...

... Un formidable malentendu se révélait entre nous. Ne croyait-il pas que je visitais les hommes importants de la région, grands propriétaires, chefs d'usine, notaires ! Quand je lui eus affirmé que je me souciais du peuple seul, de la masse, il n'en revenait pas.

Il se trouva vers Bérénice pour lui demander son appui.

— Enfin, m'objectait-il avec une fâcheuse âpreté, que les dirigeants soient d'esprit grossier, sans désintéressement, je l'accorde, mais au moins ce sont gens qui se lavent !

Il montrait peu de délicatesse à surprendre ainsi l'appui de Bérénice, qui réellement n'est pas éclairée sur la question, et j'en fus si froissé que je fis devant elle ce que toujours je considérai comme une inconvenance : dès le potage, je m'exprimai en termes abstraits.

Aussi bien n'était-il pas essentiel d'arrêter net Simon qui parlait presque comme un Charles Martin !

— Tu viens de juger, lui dis-je, avec ce que tu as d'inférieur ; tu as consenti à avoir du peuple une perception sensible, toi, si mal doué (comme moi d'ailleurs) pour ce qui est des yeux ! Ne sais-tu pas que si tu étais peintre, tu le trouverais pittoresque, au contraire. Que chacun se construise son univers avec ses moyens ! rentrons dans notre domaine, qui n'est pas le pire ; il nous appartient de juger les choses *sub specie æternitatis*, nous avons la propriété de sentir ce qui est éternel dans les êtres. Ne rougirais-tu pas d'avoir raillé la misère de saint Labre ? Je t'en permets des quolibets de concession mondaine, mais devant toi-même reconnais la magnificence de cet homme qui se renonçait. C'est essentiellement ce que toi et moi appelons un bonhomme propre. Du même point de vue, mais avec un horizon infiniment plus large, ne discernes-tu pas quel trésor somptueux est l'âme populaire?

Elle a le dépôt des vertus du passé, et garde la tradition de la race ; en elle, comme dans un creuset où tout acte dégage sa part d'immortalité, l'avenir se prépare. Voudrais-tu la juger sur un peu de poussière et quelque sueur dont la couvre un pareil labeur?

Ah! mon cher Simon, que ne sommes-nous dans le triste jardin de Rosemonde! Comme certains soirs d'automne, mieux

Bérénice, mieux qu'aucun lieu du monde. Parfois, par un simple geste, cette jeune femme me découvre, sur la vie profonde et le sentiment des masses, des aperçus plus sérieux que n'en mentionnent les enquêtes des spécialistes, les programmes des politiciens et les vœux des réunions publiques.

Viens à Aigues-Mortes, dans son étroit jardin qui ne voit pas la mer. Les murailles closes, cette tour Constance qui n'a plus qu'à garder ses souvenirs, cete plaine féconde seulement en rêves mettent ma Bérénice dans sa vraie lumière, — comme l'oi-

LES MURAILLES CLOSES, CETTE TOUR CONSTANCE QUI N'A PLUS QU'A GARDER SES SOUVENIRS.

qu'aucun soir, exaspèrent la senteur des tilleuls, ce décor qui ne laisse subsister que des idées graves met en valeur les vertus de

seau du Paradis n'est vraiment le plus beau des oiseaux que sur les branches suintant de chaleur des mornes forêts du Brésil. Et ses animaux eux-mêmes, de qui son chagrin se plaît à égayer les humbles vies, s'accordent avec elle, avec ces landes, avec ces dures archéologies, et tous se donnent un sens dont je me suis nourri.

Ah ! Simon, si tu étais là et que tu visses Bérénice, ses canards et son âne échangeant, celle-là, des mots sans suite, ceux-ci, des cris désordonnés d'enfants et ce dernier, de longs braiements, témoignant chacun d'un violent effort pour se créer un langage commun et se prouvant leurs sympathies par tous les frissons caressants de leurs corps, tu serais touché jusqu'aux larmes. Isolées dans l'immense obscurité que leur est la vie, ces petites choses s'efforcent hors de leur défiance héréditaire. Un désir les porte de créer entre eux tous une harmonie plus haute que n'est aucun de leurs individus.

Viens à Aigues-Mortes et tu découvriras entre ce paysage, ces animaux et ma Bérénice des points de contact, une part commune. Il t'apparaîtra qu'avec des formes si variées, ils sont tous en quelque façon des frères : des réceptables qui mourront de l'âme éternelle du monde. Ame secrète en eux et pourtant de grande action. Je me suis mis à leur école, car j'ai reconnu que cet effort dans lequel tous ces êtres s'accordent avec des mœurs si opposées, c'est cette poursuite même, mon cher Simon, dont nous nous enorgueillissons, poursuite vers quelque chose qui n'existe pas encore. Ils tendent comme nous à la perfection.

Ainsi, ce que j'ai découvert dans le misérable jardin d'une petite fille, ce sont les assises profondes de l'univers, le désir qui nous anime tous !

Ces canards, mystères dédaignés, qui naviguent tout le jour sur les petits étangs et venaient me presser affectueusement à l'heure des repas, et cet âne, mystère douloureux qui me jetait son cri délirant à la face,

puis, s'arrêtant net, contemplait le paysage avec les plus beaux yeux des grandes amoureuses, et cet autre mystère mélancolique, Bérénice, qu'ils entourent, expriment une angoisse, une tristesse sans borne vers un état de bonheur dont ils se composent une imagination bien confuse, qu'ils placent parfois dans le passé, faisant de leur désir un regret, mais qui est en réalité le degré supérieur au leur dans l'échelle des êtres. C'est la même excitation qui nous poussait, toi et moi, Simon, à passer d'une perception à une autre. Oui, cette force qui s'agite en nos veines, ce moi absolu qui tend à sourdre dans le moi déplorable que je suis, cette inquiétude perpétuelle qui est la condition de notre perpétuel devenir, ils la connaissent comme nous, les humbles compagnons que promène Bérénice sur la lande. En chacun est un être supérieur qui veut se réaliser.

La tristesse de tous ces êtres privés de la beauté qu'ils désirent, et aussi leur courage à la poursuivre les parent d'un charme qui fait de cette terre étroite la plus féconde chapelle de méditation. Sous cette diversité de ruines, de landes, d'animaux et de jeune femme, un diamant luit, qui m'éclaire l'harmonie de ce petit coin et qui m'éclairera le monde.

Cette lumière cachée, c'est l'inconscient, c'est le feu qui entretient l'univers de toute éternité.

Je ne pouvais mieux le percevoir que dans cette campagne dénudée d'Aigues-Mortes où, les choses fugitives étant rares, il semble que nous soyons moins détournés de l'essentiel. Dans cette région de sel, de sable et d'eau, où la nature plus dure, moins abondante qu'ailleurs, semble se prêter plus complaisamment à l'observation, comme un prestidigitateur qui décompose lentement ses exercices et simplifie ses trucs pour qu'on les comprenne, cette petite fille toute d'instinct, ces animaux très encouragés à se faire connaître, m'ont révélé le grand ressort du monde, son secret.

Combien la beauté particulière de cette contrée nous offrait les conditions d'un parfait laboratoire, il semble que tous parfois nous le reconnaissions, car il y avait des heures, au lent coucher du soleil sur ces étangs, que les bêtes, Bérénice et moi, derrière les glaces de notre villa, étions remplis d'une silencieuse mélancolie...

Mélancolie ou plutôt stupeur ! devant cet abîme de l'inconscient qui soudain s'ouvrait à l'infini devant moi. Réservoir et laboratoire, rien n'a existé qui n'y retourne ; il se souvient de tout et tout ce qui vivra s'y prépare. Je suis sur cet océan une vague balancée entre un troupeau illimité de vagues, et trouble comme elles. A peine la lumière pénètre-t-elle une frange légère de la masse que je suis ; c'est cette petite écume chatoyante qui jusqu'alors avait suffi à ma frivolité, pour que je me crusse moins obscur et moins secret que le

vulgaire des êtres. Bien superficielle, pourtant, cette clairvoyance ! En m'approchant

Tu souris, Simon, du mot « simplement » ?

des simples, j'ai vu comment sous chacun de mes actes à l'activité consciente collabore une activité inconsciente, et celle-ci est la même qu'on voit chez les animaux et chez les plantes ; je lui ai simplement ajouté la réflexion...

Tu souris, Simon, du mot *simplement*.. Il te semble que la puissance de notre réflexion est une grande chose ! Petite agitation en vérité auprès de l'omniscience et de l'omnipotence que manifeste dans sa lenteur l'inconscient !

Avec le seul secours de l'inconscient, les animaux prospèrent dans la vie et montent en grade, tandis que notre raison, qui perpétuellement s'égare, est par essence incapable de faciliter en rien l'aboutissement de l'être supérieur que nous sommes en train de devenir et qu'elle ne peut même pas soupçonner. C'est l'instinct, bien supérieur à l'analyse, qui fait l'avenir. C'est lui seul qui domine les parties inexplorées de mon être, lui seul qui me mettra à même de substituer au moi que je parais le moi auquel je m'achemine, les yeux bandés.

Sans doute, dans la suite j'appliquerai ma clairvoyance à cet état qu'il m'aura conquis. De tous les échelons où l'inconscient nous transporte, nous prenons un plus vaste horizon du monde. Ah ! vienne l'instant où il m'aura avancé si haut dans l'échelle des êtres que j'embrasserai l'univers et que j'en prendrai conscience ! Alors j'aurai atteint à ce moi complet qui est mon principe et ma fin, le but et l'impulsion de ma culture. Je serai l'absolu conscient, je serai Dieu !

... Voilà ce que m'ont enseigné ces hommes grossiers, ces ignorants que tu t'étonnes de me voir fréquenter. Ils sont de sublimes professeurs, bien qu'ils ne se possèdent pas eux-mêmes. Chacun d'eux représente une des étapes de mon âme le long des siècles. Je me suis penché sur eux, comme sur un pays que j'aurais gravi par une nuit sans lune et sans en garder rien que de confuses images.

Comment pouvais-tu croire qu'à ces masses d'une telle fierté créatrice, désintéressées, spontanées, je préférerais la médiocrité des salons, la demi-culture des bacheliers. Je vois bien que tu ne connais pas

l' « Adversaire » ! Pour le mieux, de telles gens peuvent me communiquer des faits, quelques notions parfois exactes ; le peuple me donne une âme, la sienne, la mienne, celle de l'humanité !

J'entends bien l'objection où tu te réfugies :

« Que tu ne sois allé ni au salon, ni à la brasserie, soit ! » me diras-tu. « Mais pourquoi aller au peuple ? Pourquoi ne pas rester parmi les hommes de culture, de haute clairvoyance ? »

Pour tout dire, tu supportes malaisément que je fasse aussi bon marché de notre éducation de Jersey.

Eh ! qu'avais-je appris de ces saints divers, le Benjamin Constant du Palais-Royal, le jeune Sainte-Beuve et quelques autres familiers de notre institution ? J'avais reconnu chez eux, et avec plus de netteté que sur moi-même, quelques-unes de mes particularités. Tel un jeune employé du Louvre lisant Alfred de Musset, se fait une vue plus claire de l'ardeur, ivresse ou jalousie, qui l'agitèrent le dimanche passé auprès de sa maîtresse. Mais quoi ! ces analystes ne me parlaient que de mes excès, se limitaient à m'éclairer sur les pousses extrêmes de ma sensibilité ; ils m'eussent perdu dans la minutie.

Sans doute, à étudier l'âme lorraine puis le développement de la civilisation vénitienne, je compris quel moment je représentais dans le développement de ma race, je vis que je n'étais qu'un instant d'une longue culture, un geste entre mille gestes d'une force qui m'a précédé et qui me survivra. Mais la Lorraine et Venise m'enfermaient encore dans des groupes, ne me laissaient pas sortir de ma famille, pourrais-je dire. Seules les masses m'ont fait toucher les assises de l'humanité.

Je n'avais su dans l'étude de mon moi

CES IGNORANTS QUE TU T'ÉTONNES DE ME VOIR FRÉQUENTER...

pénétrer plus loin que mes qualités ; le peuple m'a révélé la substance humaine, et mieux que cela, l'énergie créatrice, la sève du monde, l'inconscient.

Toutefois j'aurais pu parler dans les comités, dans les réunions, suffire à toute l'activité d'un politicien, sans rien soupçonner de ces forces spontanées et secrètes. Mes sens furent affinés dans l'atmosphère de Bérénice.

Regarde ma chère Bérénice, sa grâce, sa douceur. Les femmes adoucissent notre âpreté nerveuse, notre individualisme excessif ; elles nous font rentrer dans la race. Le fâcheux est que trop souvent nous négligeons d'utiliser pour notre culture morale l'émotion qu'elles répandent dans nos veines. Mais je t'en prie, observe Bérénice, cette petite chose, cette curieuse construction. En voilà

pas. C'est une enfant aveugle, emportée par les forces secrètes de son âme. Interroge-la donc. Elle ne te parlera que de M. de Transe ; elle croit regretter le passé ; simplement dans un effort douloureux elle enfante quelque

ALORS, POUR CONVAINCRE SIMON, JE ME RETOURNE VERS BÉRÉNICE
ET JE LUI RAPPELLE NOS BONNES SOIRÉES D'AIGUES-MORTES.

une qui sait utiliser la sève de l'humanité. L'as-tu examinée à la loupe ? Quel effort ! Certes elle ne se connait guère. Et comment se posséderait-elle ? Elle ne se regarde même

chose qui sera mieux qu'elle. Par cette tension que lui donnent son chagrin et son regret sans réalité, elle atteint un objet qu'elle n'a pas visé. Ah ! c'est bien elle, la chère pelite nlle, qui m'a aidé à comprendre la méthode créatrice des masses, de l'homme spontané !

Alors, pour convaincre Simon, je me retourne vers Bérénice et je lui rappelle nos bonnes soirées d'Aigues-Mortes, où si souvent je me suis approché de sa bouche, pour qu'elle me parle avec une intimité plus tendre de M. de Transe, que j'aime en elle et n'ai pas connu. Les deux syllabes de ce nom qui déchire son âme et qu'elle répète avec un indicible chagrin de petite bête malade retentissent profondément dans son cœur, d'autant que ce long débat, ces fortes critiques l'ont accablée, elle, si fine. Son œil absent, chargé de chagrin, me le dit. Son esprit est ailleurs. Il vague là-bas où elle se figure avoir eu l'âme satisfaite ; les plus secs témoignages du passé sont pour elle d'inépuisables fontaines de souvenirs. Là-bas, avec une sorte de frénésie triste, elle se serrait contre moi, qui suis pourtant un confident bien peu tendre, mais elle accapare au milieu du vaste spectacle des choses les moindres éléments qui peuvent fortifier son rêve. N'y viendras-tu jamais, Simon, dans le jardin de ma Bérénice, où me fut une nouvelle vision de l'univers !

« Dans ce jardin, te dira-t-elle, j'ai connu le bonheur parfait. » et elle jugera qu'elle te le prouve abondamment en te montrant ses babioles d'amoureuse, puis ses pleurs. Du moins tu pourras admirer qu'une si petite créature ait un tel ressort pour désirer le bonheur, une pareille puissance de parer le monde des vapeurs de son désir.

Simon et moi, en allumant nos cigares, nous nous plûmes alors à causer avec elle, qui possède, à un degré extrême, l'imagination représentative ; et les scènes que nous évoquions, elle les sentait vivantes. Je lui faisais un éloge exalté de François de Transe. J'en vins même à lui reprocher, avec une réelle amertume, ce qu'elle m'avait avoué un jour, par mégarde, au détour d'une histoire : d'avoir voulu le quitter. Et ses nerfs étaient montés au point qu'elle se prit à pleurer.

Très visiblement, Simon avait compris les raisons de mon profond intérêt pour les masses et en quoi Bérénice m'est un sujet excellent pour m'édifier sur la psychologie de l'humanité se développant sans le consentement de l'âme individuelle. Je déclarai donc la séance close ; toutefois, désireux de méditer encore avec Simon, je m'autorisai de l'abattement que faisait voir Bérénice pour la mettre en voiture.

— Hein, dis-je à Simon, la vie a-t-elle des dessous assez abondants ? Tu vois comme j'ai déshabillé devant toi Bérénice. Cela t'a fait le même effet de pitié et d'âpre curiosité que si on avait écrasé sous tes yeux la patte d'un chien. Eh bien ! la misère universelle de l'humanité s'épuisant vers le mieux retentit en moi de cette façon-là.

Comprends-tu, ajoutai-je, car j'étais plein de mon sujet, combien je suis heureux de dévêtir auprès d'elle mon personnage habituel d'indifférence et d'impertinence pour être irréfléchi. Si tu savais combien j'aime les naïfs, ceux qui me disent des choses dont je rirais si j'avais à en parler en conversation. As-tu jamais soupçonné que ma sécheresse n'était que du dégoût pour le manque de désintéressement que je vois partout et pour la frivolité. Mais ceux qui ne raillent jamais, les gobeurs, si tu savais comme je les aime, ceux-là ! Si tu savais comme je me sens le frère des petites filles qui, avec une grande fortune, de beaux cheveux et connaissant déjà le monde,

SIMON ET MOI, EN ALLUMANT NOS CIGARES, NOUS NOUS PLUMES ALORS A CAUSER AVEC ELLE.

entrent au couvent. Bérénice, tiens, en réalité, je m'agenouille devant sa simplicité.

— Eh! me dit-il, elle est un peu
maigre!

— Simon! lui répondis-je avec vivacité,
chaque jour un écart plus grand
se fait entre nous. Parfois je me
demande si jamais, d'un sentiment sincère, tu as aimé la
souffrance.

— Tu as de la
chance, me répliqua-
t-il, tu es tout à fait
dans le ton pour goû-
ter Saint-Trophime.

A cette réflexion
très juste sur mon
état d'esprit, je vis
bien que Simon com-
prenait encore ce
qu'est la vie intérieure,
mais il ne croit plus
qu'aux satisfactions

gnage de mes sens, elle m'aimerait, car elle
est prête à se donner à moi, or, je sais qu'il
n'en est rien.

Tout d'abord, il ne me comprit guère,
puis :

de choses. Pour ce qui est des variétés de
l'idéalisme, il ne sympathise plus, il classe.
C'est là que j'avais été sur le point d'en arriver, quand mon cœur n'avait pas d'autre maître que moi-même. Je l'ai prêté à cette petite
mendiante d'affection pour qu'elle me le
rafraîchît entre ses mains.

A la campagne, Simon avait pris l'habitude de faire un tour après son repas, quel
que fût le temps (j'ai déjà indiqué sa tendance à la congestion), moi-même j'étais
très échauffé par ma démonstration, nous
décidâmes de regagner à pied notre hôtel.
Il m'accompagna jusqu'à la chambre de
Bérénice, de qui je tenais à prendre des
nouvelles avant de me coucher. Là, nous
échangeâmes encore quelques mots.

— Enfin, disais-je à Simon, près de la
porte entre-bâillée, si j'en croyais le témoi-

— Chut! me dit il en se frottant les
yeux, parle plus bas, tu blesserais sa délicatesse.

— Pas de subterfuge, m'écriai-je ; avoue
qu'en réalité tu n'as jamais aimé que Spen-
cer, tu fais prédominer le rationalisme...
Peut-être vas-tu historiquement jusqu'à regretter que la France n'ait pas accepté le
protestantisme...

Il me déclara qu'il se sentait réellement
fatigué.

— Simon, lui dis-je avec amertume, je
croyais que j'aurais plus de plaisir à te
revoir.

J'entrai chez Bérénice et je trouvai la
lampe encore allumée. Comment m'allait-
elle recevoir? Ah! cette tristesse de s'en-
dormir près d'une lampe qui semble attendre! A côté d'elle étaient des biscuits et
une bouteille de Bourgogne vidée. Cela me

fit sourire ; cette enfant adorait le bon vin après les émotions. Ai-je tort de la tenir pour une incarnation de l'âme populaire ? Elle ouvrit les yeux avec un joli sourire d'animal reposé ; il semblait qu'elle eût laissé toute sa bouderie dans son sommeil et qu'elle s'éveillât à une vie nouvelle. Alors nous nous mîmes à bavarder et par une pente irrésistible la conversation revint sur celui que nous aimons, sur M. de Transe. Aussitôt toute ma sensibilité s'intéressait à la conversation, mais, elle, cette fois, parlait de lui avec joie, riait des bons tours qu'ils avaient faits ensemble.

Ah ! qu'elle jouisse du bonheur dans la mort, l'aïeule qui t'a fait la naïveté de tes yeux et t'a mis au cœur tant de gravité !

Trois petites filles me précédaient.

IX

LE CHAPITRE DES DÉFAILLANCES

LES MIENNES. — ON NE RIVE PAS SON CLOU
A L'ADVERSAIRE. — DÉFAILLANCE SINGU-
LIÈRE DE BÉRÉNICE.

Dès mon retour à Arles, l'action électorale commença. Nous organisions chaque semaine des réunions sur quelque point de la
circonscription, et je ne manquai jamais de
me rendre à celles de nos adversaires. Souvent j'étais rappelé d'Aigues-Mortes par
dépêche.

Un soir, je quittai en hâte Bérénice, et
comme je marchais dans la nuit, le long des
grandes murailles, vers la gare, trois petites
filles me précédaient qui chantaient d'une
voix douce et qui pourtant va loin sur la
plaine, d'une voix qui va jusqu'à mon
cœur.

... Que de fois ailleurs je l'ai entendue,
cette chanson! Mais pourquoi ce soir me
décourage-t-elle?... J'irai jusqu'au bout de
la pensée qui m'attristait : les landes de ce
pays pour moi n'eurent jamais de mirages;
elles ne font apparaître qu'à d'autres les
princesses des Baux. Huguette, Sibylle,
Blanchefleur et Baussette, me disais-je,
pourquoi les herbes de la Crau ne m'ont-
elles pas conservé l'odeur de vos corps ex-
quis? ou plutôt pourquoi donner mes belles
soirées à de grossières tâches?

C'est sur les canaux de Venise, dans les
faubourgs de cette ruine somptueuse que,
pour la première fois, j'entendis cette ca-
dence que me répètent trois pauvres enfants. Soirées divines, celles-là! Saturé de
toute sensualité, mes yeux, mes oreilles gor-
gés de splendeurs au point que dans cette
abondance ils ne pouvaient plus rien percevoir, je pris conscience de l'essentiel de
moi-même, de la part d'éternité dont j'ai
le dépôt. Saurai-je jamais les exalter assez

haut par-dessus toutes mes heures, ces jours d'âcreté et de manie mystique où, jusqu'alors simple coureur amusé de choses d'art, je sentis la beauté abstraite sur les Fondamenta Zattere, en face de cette église de Palladio, qui, par un effet contraire au métaphysicien Gœthe, révéla la beauté classique ?

O mon cher Rousseau, mon Jean-Jacques, vous, l'homme du monde que j'ai le plus aimé et célébré sous vingt pseudonymes, vous, un autre moi-même, vous les avez connus à l'île de Bienne, au milieu du lac de Saint-Pierre, cette haine des vivants, ces longues solitudes avec la peur de rencontrer des hommes, ces instants où l'on se circonscrit en soi, ne percevant rien que le sentiment de son existence ; vous fussiez-vous soumis aux conditions de la tâche que m'impose la culture méthodique de mon moi ?

Pourtant, mon but n'est pas à désavouer. Aigues-Mortes, qui est une Venise plus avancée dans son développement, une lagune morte comme il arrivera des lagunes de l'Adriatique, détermine une évolution supérieure de mon moi. La qualité à l'acquisition de quoi je contribue ce soir me sera plus précieuse qu'aucune. Ce que je veux, c'est collaborer à quelque chose qui me survive. Il ne faut pas qu'un seul instant je perde la claire vision de ma tâche, et sa dignité doit me soutenir contre mes défaillances.

Alors, songeant quelle est ma supériorité, puisque j'ai la compréhension de tous les appétits et qu'au contraire nul ne peut comprendre mes motifs, j'entrai dans la salle pleine de fureur.

Or, les incidents qui s'y passèrent ce soir-là n'étant pas caractéristiques, puisqu'ils sont communs à toutes les réunions, ni généraux, car ils ne signifient rien d'essentiel à la race, ne méritent pas que nous nous y arrêtions.

ON NE RIVE PAS SON CLOU A L'ADVERSAIRE

Le lendemain, j'ai rencontré l'adversaire, qui me parle de mes réunions : « Cela doit bien vous ennuyer ! » Je l'assure que je me plais plus avec les travailleurs du peuple, que dans un salon d'Arles ou au café.

— Mais enfin, qu'y a-t-il de commun entre vous et un ouvrier ?

— Les différences sont en effet sensibles, moins fortes toutefois qu'entre le tour d'esprit d'un fonctionnaire par exemple et le mien. Mais vous commettez une erreur où je tombais dans les premiers temps. En causant avec des électeurs d'une certaine classe, pris individuellement, je croyais avoir affaire au peuple ; cela est faux. Les hommes réunis par une passion commune créent une âme, mais aucun d'eux n'est une partie de cette âme. Chacun la possède en soi, mais ne se la connaît même pas ; c'est seulement dans l'atmosphère d'une grande réunion, au contact de passions qui fortifient la sienne, que, s'oubliant lui et ses petites réflexions, il permet à son inconscient de se développer. De la somme de ces inconscients naît l'âme populaire. Pour la créer, seuls valent des ouvriers, des gens du peuple, plus spontanés, moins liés de petits intérêts que des esprits réfléchis. Elle est analogue à chacun de ceux qui la composent, et n'est identique à aucun. Elle dépasse tout individu en énergie, en sagesse, en sens vital. Ce qu'elle décide spontanément ce sont les conditions nécessaires de la vie.

L'adversaire s'est mis à rire. Et du ton d'un homme qui a passé des examens :

— Croyez-vous qu'une foule trouve une solution algébrique ?

— Il ne s'agit pas de cette sagesse-là,
mais de vivre. Un arbre, sans rien soupçonner des belles théories de l'Ecole fores-
tière, sait mieux qu'aucun garde général
quand il doit se développer, dans quel
sens, selon quelle forme. C'est le secret de
la vie que trouve spontanément la foule.

— Voilà bien de la philosophie, dit
Martin en secouant la tête, mais comment
un philosophe traite-t-il ou laisse-t-il traiter
avec tant d'âpreté ses adversaires? Par
quel biais vous prêtez-vous à faire
votre partie dans le concert des injures, vous qui vous piquez de
comprendre toutes les opinions
et de dégager ce qu'il y a de
légitime dans chaque manière
de voir?

— Raisonnons, lui dis-je,
et vous comprendrez que si
un peu de philosophie éloigne
du ton ordinaire de la polémique, beaucoup y ramène.

Dans ses éléments en effet
la philosophie nous enseigne
que ni vous ni moi ne sommes la
vérité complète, et nous engage ainsi
à une grande modestie l'un envers
l'autre. Mais poursuivons le raisonnement des maîtres : « Personne, disent-ils,
n'est la vérité complète, tous nous en
sommes des aspects. » Donc si l'un de
nous n'existait pas, un des aspects de la
vérité manquant, la vérité complète ne
serait plus concevable. Ainsi faut-il que
je satisfasse à toutes les conditions de
mon individualisme, parmi lesquelles une
des plus impérieuses est que je vous nie.

Mais voici mieux encore : en admettant
la méchanceté et la mauvaise foi de mes
adversaires (ce qui est le thème ordinaire
de toute polémique), je fais une hypothèse
très précieuse et bien conforme à la méthode indiquée par Descartes dans ses *Principes*, par Kant dans sa *Critique de la raison pure*, et par Auguste Comte, qui vous
touche peut-être davantage, dans son *Cours
de philosophie positive*. La science, en
effet, admet couramment ceci : « *La pla-
nète Neptune, n'eût-elle jamais été vue,
devrait être affirmée. Fût-elle un astre pu-
rement fic-
tif, la*

— CROYEZ-VOUS QU'UNE FOULE TROUVE
UNE SOLUTION ALGÉBRIQUE ?

*concevoir serait rendre un grand service à
l'astronomie, car seule elle permet de mettre
de l'ordre dans des perturbations jusqu'alors
inexplicables.* » De même les vices de mes
adversaires, fussent-ils fictifs, me permet-
tent de relier, sans trente-six subtilités de

psychologue, un grand nombre de leurs actes fâcheux ; c'est une conception qui explique d'une manière très heureuse la réprobation et l'animosité qu'ils doivent en effet inspirer, quoique pour des raisons un peu plus compliquées. En combattant leurs vices imaginaires, vous triomphez de leurs défauts réels. Pour ce procédé je m'en rapporterai à un maître que vous goûtez certainement : personne n'a vu la figure du ferment rabique ; personne n'a constaté expressément son existence, et Pasteur guérit de la rage en cultivant ce microbe hypothétique, peut-être absolument fictif.

Martin qu'offensait ma logique coupa court en souhaitant du moins que je n'aboutisse pas à une désillusion trop pénible.

— Je n'ai guère l'angoisse du résultat, lui répondis-je. Quand on s'est institué un fort dédain du jugement des hommes et du but poursuivi, peu importe, hors que nous mourrons un jour. J'ai une vision si nette de ce que valent les choses, sitôt possédées, et des moyens de les acquérir, que la seule mesure de mon sentiment à leur égard tient en ceci que ce sont toujours ma compagnie et mon occupation du moment que je juge les plus misérables.

La conclusion paraîtra sèche pour ce pauvre adversaire qui, dans mes instants de loisir, m'amusait pourtant comme une petite oie vaniteuse et sans bonté. Mais quoi ! de fois à autre ne faut-il pas déblayer un peu toute cette racaille où nous commet la vie active ! C'était d'ailleurs exprimer à Martin de profitables vérités. Je dois à quelque habitude d'analyser le sens des mots le privilège de ne pas assujettir mes idées à la phraséologie familière.

Beaucoup de personnes, par l'usage quotidien de certains termes, « haine, rancune, regrets, désirs, » sont tentées de croire à la réalité de ces sentiments en elles. Pour moi, je vois que les événements n'éveillent guère sur mon moral d'impression plus variée que la tuile qui me frôle en tombant ; je note pour l'éviter le toit d'où elle glissa, je me soigne si elle m'a blessé ; en aucun cas, je ne m'attarde à m'en faire une opinion sentimentale. Seulement j'ai à l'égard des tuiles possibles une continuelle méfiance, à laquelle je donne une allure de déférence. Un homme fort distingué, employé d'une grande administration, disait : « Je salue les huissiers le premier, pour être sûr qu'ils me salueront. » — « Moi aussi », lui répondis-je. Comme je ne suis employé d'aucune administration, il crut que je ne l'avais pas écouté. Mais en réalité que de fois je consulte des niais, simplement pour éviter qu'ils me conseillent ou me désapprouvent !

Il faut opposer aux hommes une surface lisse, leur livrer l'apparence de soi-même, être absent. De qui donc a-t-on dit qu'il regardait tous les citoyens comme ses égaux, ou pour mieux dire comme égaux entre eux, ce qui fait qu'il plaisait assez naturellement à la masse ?

Charles Martin était incapable de comprendre l'élévation morale, le parfait désintéressement de ces principes. C'était avec toute la fureur d'un sectaire, et même la réflexion d'un homme méthodique, qu'il se composait des préférences ! Par un mécanisme très fréquent, ses convictions d'ailleurs s'accordaient toujours avec ses intérêts. Il eût été incapable de trouver des torts à celui qu'il aimait. C'est par là qu'il arrivait à joindre l'agrément de relations douteuses à la satisfaction de s'élever contre les mauvaises fréquentations. J'en avais un piquant exemple sous les yeux. La biographie de Bérénice, pour qui il avait une passion sensuelle, naturellement voilée sous l'intérêt le plus élevé, le gênant fort, il la concevait comme l'histoire d'un jeune homme de grande famille que les siens avaient brutalement empêché d'épouser cette jeune fille. Version qui avait un instant étonné mon amie, puis très vite lui avait paru la vérité, tant nous sommes tous conduits à modifier les faits d'après nos sentiments.

DÉFAILLANCE SINGULIÈRE DE BÉRÉNICE

Je touche ici un point délicat de la vie de Petite-Secousse. La présence auprès d'elle de Bougie-Rose, jolie fille un peu lourde, m'avait souvent étonné. « Ces deux

LA PRÉSENCE AUPRÈS D'ELLE DE BOUGIE-ROSE, M'AVAIT SOUVENT ÉTONNÉ.

personnes, me disais-je, n'ont guère de point de contact, car Bérénice a naturellement une sentimentalité très fine. Se plai-

me convaincre que les images plaisantes et libres, tous ces jeux de la passion dont elle avait nourri ses yeux de petite fille, dans le musée du roi René, lui avaient donné une opinion fort différente de celle que nous nous faisons pour l'ordinaire des rapports de la sensualité et de l'amour. Son esprit ne s'était pas plié à établir entre ces deux formes de notre sensibilité les attaches étroites qui font que pour nous l'une ne va guère sans l'autre.

Et pour achever de vous dévoiler la pensée de Bérénice, telle que je la surpris dans des entretiens d'un charme inexprimable, j'ai lieu de croire que ce vice naquit chez mon amie d'une extrême délicatesse : jeune

raient-elles par quelqu'autre côté que le sentimental ? »

Des allures très molles de Bougie-Rose, un fin sourire de mon amie éveillèrent ma perspicacité.

Je confessai Bérénice ; elle me répondit avec une aisance, bien éloignée de l'effronterie et mêlée de douceur, qui me toucha d'une sensualité un peu malsaine. Je pus

et ardente, désœuvrée et solitaire, elle n'aurait pourtant pas voulu tromper M. de Transe ; elle crut lui garder son amour, jusque dans les cheveux démêlés de sa molle amie.

Du point de vue de la raison froide, peut-être Bérénice a-t-elle raison. L'amour n'a pas grand'chose à voir avec les gestes sensuels. Une femme parfaite se choisirait un amant plein d'ardeur dans l'élite de la cavalerie française et, pour l'aimer d'amour, un prêtre austère, comme notre divin Lacordaire, dont le seul regard la pénétrera plus qu'aucune caresse dans aucun lit. Ces réflexions pourtant ne me satisfaisaient guère à cause du caractère peu harmonieux de cette défaillance de Bérénice.

Comment, me disais-je, ce petit animal, de qui le mérite est d'être instinctif, se laisse-t-il aller à ces déviations? Quand elle s'abandonne, ne voit-elle pas les détails fâcheux de sa chute : Bougie-Rose, sans doute, a un tact naturel assez développé et puis elle-même ferme les yeux. N'empêche qu'un jour, dans une de nos promenades, je me laissai aller à lui vanter avec amertume les délicates amours des plantes.

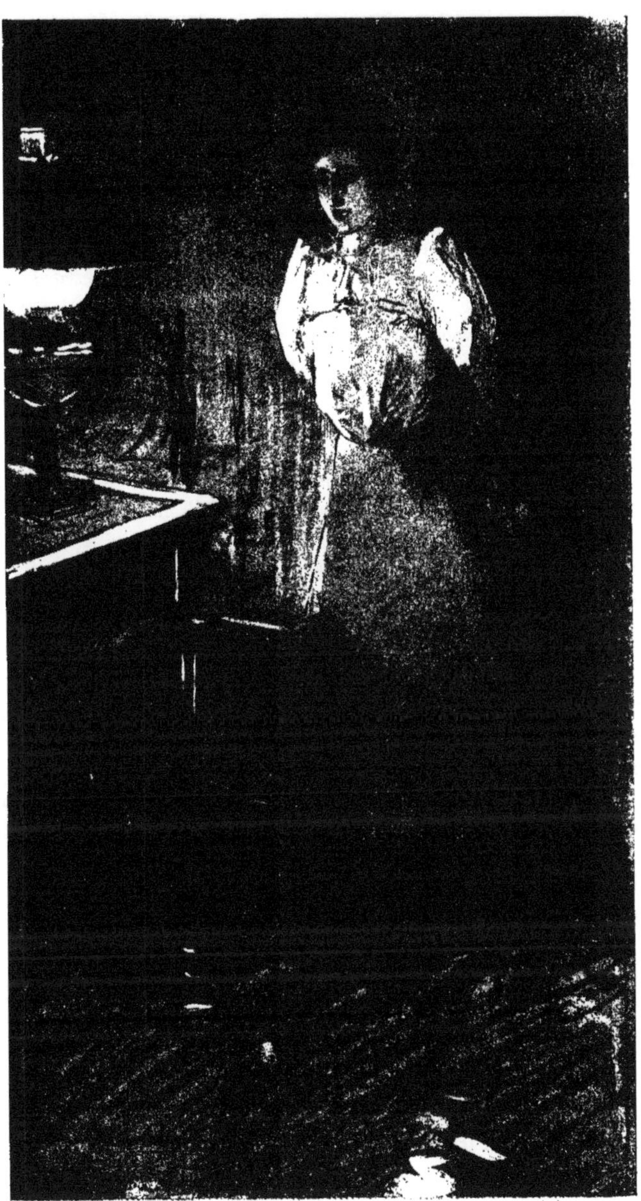

J'ADMIRAI QUE CETTE PETITE FILLE CACHAT UNE MALICE SI GRACIEUSE
DERRIÈRE SA PHYSIONOMIE

Peut-être avais-je trop lourdement appuyé. Elle m'écouta avec surprise, puis, dans une pénible confusion, ses yeux se remplirent de larmes. Si touchante, en ce moment, si confiante toujours, elle m'attendrit, me fit rougir de ma sotte enquête ; et quand mes soupçons auraient quelque justesse, mon indignation n'était-elle pas faite, pour une part, de froissements personnels ?

Je pris sa main émue dans ma main et lui dis :

— Petite fille, vous êtes pour moi une chère fontaine de vie. Ce serait d'un homme grossier de réfléchir sur les inconvénients des diverses attitudes que notre condition d'homme nous contraint à prendre. Croyez bien que je n'ai pas cette médiocité d'arrêter mon imagination sur les complaisances auxquelles vous engagent peut-être ces sens et cette beauté charnelle que vous reçûtes de vos aïeux. Si je m'inquiétai, c'est uniquement par piété pour M. de Transe. Après réflexion, il me semble bien que vous avez sauvé le meilleur de ce que vous lui donniez. Sans doute, aujourd'hui comme toujours, vous avez été la plus sage en faisant la part du feu. Et même s'il vous arrive de priver celui qui est dans le cercueil d'une de vos pensées, qui sont maintenant tout ce qu'il peut attendre de vous, si quelque tendre erreur un jour humilie votre vertu, rassurez-vous : la puissance surabondante de l'amitié que je lui voue et des sacrifices que je lui fais, en ne demandant rien de votre beauté, s'appliquera à l'expiation de vos péchés.

Elle m'embrassa, et c'est ainsi que fut clos cet entretien.

Dans la soirée, Bérénice, qui est toute faite d'esprit de finesse et de douceur, crayonna un petit dessin, comme elle a coutume, tandis que je lui développe mes théories, puis me le tendit : c'était elle-même

et une jeune femme, au-dessous de qui elle avait écrit « Bougie-Rose », pour qu'on ne pût s'y tromper, et cette légende, légèrement modifiée, de la divine parabole : « Marthe, vous vous embarrassez de soins superflus ; Philippe a choisi la meilleure part. »

J'admirai que cette petite fille cachât une malice si gracieuse derrière sa physionomie. Cette misère la mit dans mon imagination plus près encore de la nature, et la grâce avec laquelle elle s'en expliqua transforma en sympathie un peu triste la répugnance que j'avais de sa défaillance.

« O ma beauté, disais-je, je vous remercie de ce que vous avez daigné être imparfaite, en sorte qu'il me restât quelque embellissement à apporter à votre édifice. » Dans la suite je dus reconnaître que le sentiment exprimé sous forme séduisante dans cette phrase était gros des plus lourdes erreurs. C'est là que je rapporte l'origine des funestes manœuvres que j'allais tenter contre l'instinct, sous prétexte de faire rentrer Bérénice dans la sagesse vitale.

Ainsi, l'un et l'autre, nous avions nos défaillances et nos chagrins, et quoique sachant nous en faire des images supportables, nous étions loin de la pleine satisfaction de l'adversaire, à qui nul homme ni événement ne rivera jamais son clou.

Ma Bérénice, en me devenant suspecte, et mon contact perpétuel avec les hommes me mettaient dans un état assez particulier de tristesse nerveuse. Peut-être la fièvre qui monte des étangs d'Aigues-Mortes aux approches du printemps put-elle y contribuer. J'avais un désir âpre et indéfini de solitude ; j'aurais voulu rêver seul en face de ma pensée. Une dépêche qui sonne à ma porte, mon courrier à dépouiller me faisaient d'absurdes battements de cœur. Jamais je n'eus à un degré aussi intense l'ennui de faire de nouvelles connaissances, la fatigue de leur donner une image de moi-même conforme à leur tempérament, et tout l'écœurement de leur entendre exposer les principales anecdotes de leur existence avec la description de leur caractère. Mon réveil du matin, dans ces journées écrasées de menues besognes, était déjà troublé : n'ai-je pas entendu, me disais-je, un visiteur dans l'escalier?

Pour réagir contre cet état nerveux, il n'est qu'un remède, empirique mais vraiment pas mauvais : dans les plus fortes angoisses de la vie de société et surtout dans les réveils de nuit, se raidir et prononcer une phrase, un raisonnement préparés à l'avance. Cela peut surprendre, mais ces angoisses sont le résultat d'une force qui tourbillonne en nous (souvent un afflux de sang au cerveau). Il s'agit de l'utiliser, cette force ; il faut ordonner un cerveau désordonné.

Deux ou trois fois, dans notre énervement, Bérénice et moi nous dûmes convenir que nous augmentions notre malaise. Elle surtout, dans ce mélange malsain de sa tristesse et de mes inquiétudes, était prise de vertige, et l'adversaire, visiteur plus rude accueilli avec moins d'amitié et de confiance que moi, reposait pourtant l'enfant brisée.

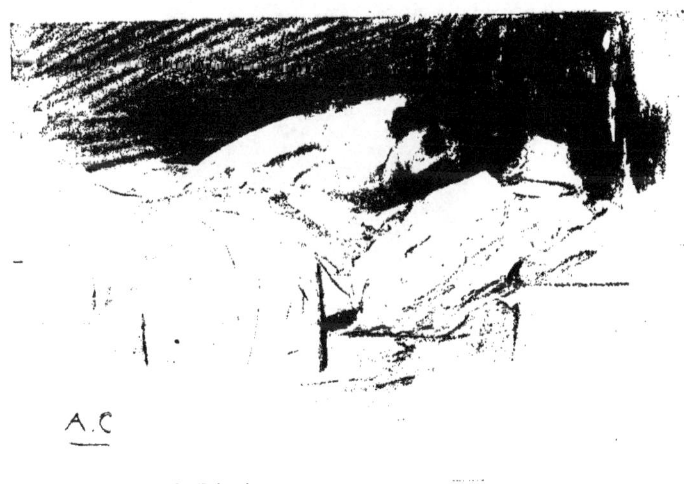

— DANS SES ÉLÉMENTS, EN EFFET, LA PHILOSOPHIE NOUS ENSEIGNE...

X

LA MORT D'UN SÉNATEUR REND POSSIBLE LE MARIAGE DE BÉRÉNICE

Vers cette époque survint une grande modification dans la vie de Petite-Secousse. Elle fut mandée à Aix, chef-lieu de l'arrondissement où elle avait grandi. Près de mourir, le sénateur opportuniste du lieu voulait l'embrasser, et il lui déclara qu'il la tenait pour sa fille.

La mère de Bérénice en effet semble avoir été ce qu'on nomme un peu légèrement une drôlesse; du moins parmi ses excès avait-elle gardé le sens de la maternité et beaucoup de clairvoyance, car s'étant préoccupée de choisir un bon papa pour sa petite fille, elle désigna entre ses amants un collectionneur qui peu après fut envoyé au Sénat par ses concitoyens. C'était un galant homme : comme nous l'avons dit, il nomma le mari de sa maîtresse gardien du musée du roi René, choix excellent, puisque Bérénice s'y fit l'âme qui nous plaît.

A ses derniers moments, ce sénateur s'inquiéta d'avoir négligé sa fille : et quand elle fut à son chevet, il lui adressa un petit discours, sous lequel il eut la satisfaction de la voir pleurer. Toute agonie remettait devant les yeux de Bérénice la tendre image de M. de Transe :

« Votre mère, lui dit-il, est en quelque

sorte la première qui m'ait appelé à représenter mes compatriotes. Elle m'a désigné
comme votre père, quand d'excellents
citoyens pouvaient également prétendre à
cet honneur. Mon notaire, qui sur ma prière
a pris des renseignements, me dit que vous
hésitez entre le candidat boulangiste et celui
des saines doctrines. Sans vouloir faire de
pression, je vous engage à réfléchir et à
préférer M. Charles Martin, de qui je suis
en mesure de vous dire qu'on fait grand
cas dans les bureaux. »

Peu après il mourut, léguant à Bérénice
cent mille francs, et la situation de mon
amie se trouva excellente, car on crut la
somme plus forte ; puis elle avait donné
des gages à tous les partis, en sorte que
l'opinion lui fut favorable.

A cette époque, ma situation à Arles
me préoccupait fort. Trop bonne pour
être abandonnée, elle n'était pas telle
que j'en eusse de la sécurité. Je ne pouvais
me dissimuler ce que j'avais à redouter
de la candidature projetée de Charles
Martin.

Ainsi mes intérêts électoraux, la tristesse de Bérénice qui tout de même se sentait très seule, mon désarroi de ses mœurs
secrètes, une insensible satiété qui me ga-
gnait de nos pédagogies, tout concourait à
me faire accepter un mariage que la dot de
la jeune femme et la sensualité de Charles
Martin rendaient possible.

Elle n'eût pas recherché cette union, je
doute même qu'elle l'eût jamais envisagée,
mais chaque jour l'en rapprochait, tant les
conversations avec son notaire sur le pla-
cement de ses capitaux lui révélaient de dif-
ficultés où elle se perdait. Puis quel pré-
jugé ne court pas chez nous tous en faveur
de l'état de mariage !

Je fus amené à lui en donner mon avis.

... Cette journée-là fut très triste. Nous
avions parcouru en voiture les rues de Nîmes qui, la Maison Carrée exceptée, ne
m'offre aucun agrément. Elle tenait ma
main dans sa main, et ce geste est peut-
être le plus touchant qu'elle ait jamais eu
avec moi. En toutes circonstances, ce qu'il
y avait là d'un peu femme de chambre
m'eût choqué, mais j'y sentais à cet instant
comme le regard d'une pauvre petite bête
à qui l'on fait du mal et qui déclare : « Je
l'accepte parce que tu es le plus fort, mais
si tu m'aimes bien, ne me fais pas trop
souffrir. » J'aurais voulu trouver des mots
d'une extrême douceur pour lui exprimer
ma pensée. Mais obsédé par la nécessité de
faire rentrer cette petite fille dans les
voies de l'instinct, je ne savais que lui ré-
péter :

— « Je te regretterai, ma petite amie,
je regretterai le délicieux état d'âme que
tu me manifestais, mais je t'engage tout à
fait à épouser Charles Martin. »

Et nous eûmes un long dialogue sur la
convenance de ce mariage, que j'appuyai
par des considérations tirées, comme on
pense, de ses défaillances actuelles, et
même des chagrins qu'elle avait connus.

Je lui rappelais ce qu'elle m'avait dit
souvent et qui peut se traduire ainsi : « J'ai
toujours eu un violent désir d'être admirée
et de plaire, et une violente souffrance de
la brutalité qu'il y avait au fond de ceux
qui profitaient de ma beauté. » Souvent,
dans ses voyages à Arles, elle s'était offensée
que des hommes mal vêtus ou des sots con-
gestionnés se permissent de la regarder avec
un appétit méridional.

— Je t'apprécie, mon amie, continuais-
je, pour ta douleur et pour ta misérable vie.
En te conseillant une nouvelle existence, je
fais donc un sacrifice ; je me prive du
charme qui sont pour moi ta tristesse, ton

sourire et ta pâle maison pleine de ton cœur ardent.

Elle me répondit qu'à quitter tout cela elle ne trouverait pas le bonheur, et qu'elle le ferait seulement pour me plaire davantage.

J'en fus ému au point de compromettre ma thèse :

— Ma chère petite, ne rougis pas des malheurs qui t'ont offensée ; crois bien que mon amour s'envenimait de ton chagrin habituel. Et même, saurais-je t'aimer si tu devenais joyeuse sans fièvre et simplement heureuse ?

Il me sembla que cette dernière phrase redoublait sa tristesse et qu'en voulant écarter tout froissement de cette petite amie, je n'avais fait que gêner plus étroitement son cœur. J'essayai de revenir sur ma pensée :

— Mais pourquoi, heureuse dans une vie sans singularité, serais-tu moins belle ? Peut-être, en y réfléchissant, les circonstances momentanées n'ont-elles que peu de part dans ton charme : ce qui vaut le plus en toi, c'est la longue préparation inconsciente que te firent tes aïeux : tu es macérée de douceur, la qualité religieuse de ton cœur est exquise.

Bérénice se tut, elle pensait à celui qui est dans le cercueil. Et ne pouvant éviter de toucher ce point, le plus délicat de tous, je lui dis :

— En vérité, ma chère Bérénice, M. de Transe lui-même porterait votre âme à la douceur. Gardez de lui dorénavant un souvenir plus modeste et gardez-moi aussi quelque amitié.

— Peux-tu croire, me dit-elle, que je t'oublie jamais ?

Son accent passait infiniment ses paroles. Et après un silence je lui répondis :

— Bérénice, je sens combien tu es aimable, et c'est parce que j'en ai un sentiment aussi vif que je décline la volupté si tentante d'associer nos vies. Je ne puis tolérer la façon dont je serais assuré de te voir délaissée à mes côtés. Si je te faisais l'existence que je te rêve, je te pousserais l'âme plus au noble encore et la remplirais du culte de M. de Transe ; je te conduirais dans un cloître pour y connaître une exaltation délicieuse. Mais je crois que tu aurais des regrets plus tard. C'est pourquoi, petite fille, malgré tout il vaut mieux que tu épouses.

Pendant cette conversation, nous étions arrivés à la gare, j'avais pris mon billet et faisais enregistrer mes bagages. Quand je fus monté dans mon wagon : « Je suis seule au monde, me dit-elle, et personne ne m'aime. »

Je faillis redescendre sur le quai, ne pas rentrer à Arles ce soir-là. Mais quelle solution à cette aventure ? Je voyais bien qu'au fond elle ne m'aimait pas, mais avait seulement de la confiance en moi et détestait sa solitude. Je sentais d'autre part que je ne goûtais en elle que sa douleur sans défense, et que, gaie et satisfaite, elle m'eût été une compagne intolérable.

Le train s'éloigna, et je la vis, petite chose résignée, évoluer à travers les gros colis vers la sortie de la gare. Certes j'avais du désagrément sentimental, mais surtout je ressentais avec une vive indignation qu'une fille de dix-huit ans eût le cœur serré et des larmes sur les joues.

Et j'allai à mes besognes, plein d'un découragement qui n'a pas de nom et rempli d'une pitié à sacrifier bien des satisfactions pour obtenir un peu d'oubli et d'apaisement à ma chère Petite-Secousse et à tous ceux qui sanglotent dans la nuit.

Je me la représentais avec certitude, telle que je l'ai vue si souvent quand elle se sentait tout à fait misérable : roulée en boule sur son lit, où son chien avait coutume de sommeiller, et pleurant la figure cachée contre cet animal, dont la chaleur peu à peu l'assoupissait.

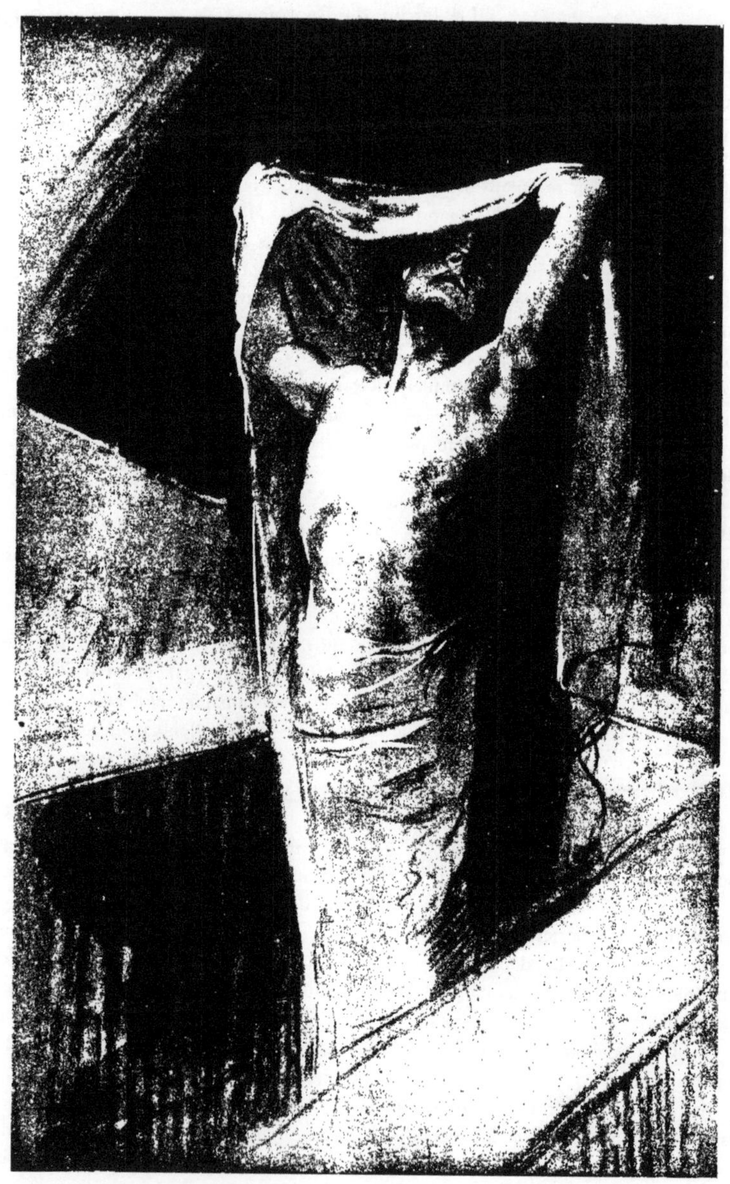

— Vous êtes Lazare le revenu.

LE MARIAGE SE FIT, ET LA NOUVELLE M'EN SURPRIT EN JUIN.

XI

QUALIS ARTIFEX PEREO

VOYAGE AUX SAINTES-MARIES. — CONSOLATION DE SÉNÈQUE PHILOSOPHE A LAZARE LE RESSUSCITÉ.

Le mariage se fit, et la nouvelle m'en surprit en juin, au plus fort de mes efforts électoraux. Elle assurait à peu près mon succès, car Bérénice ne permettrait pas à son amant heureux de me combattre. Mais contre ma raison j'en ressentis du chagrin.

Je cessai toute assiduité auprès de Bérénice : l'Adversaire eût pu s'en offenser, et désormais que dire à mon amie? Elle-même ne vint plus à Arles. On me dit qu'elle était souffrante. Mai, juin, juillet passèrent en besognes de candidat, et j'eus d'Aigues-Mortes, à de rares intervalles, les plus fâcheuses nouvelles.

Une seule fois, à l'improviste, je les rencontrai dans Arles, elle marchait avec de gracieuses précautions de jeune animal sur les durs cailloux de ces rues antiques. J'entendis mon cœur sauter dans ma poitrine. Son sourire me parut éclatant de domination; son visage lumineux, éclairé par ses yeux et par sa pâleur même, prit un air d'impériosité voluptueuse dont je fus accablé.

Cet instant-là m'aide à comprendre ce qu'on dit de la beauté éclatante et transparente des Vierges qui apparaissent à des jeunes dévots passionnés.

Mais le phénomène tout à fait curieux, c'est qu'elle, Petite Secousse, que j'avais eue dans mon lit, pour ainsi dire, et de qui je m'étais fort amusé, me fit connaître à cet instant le sentiment respectueux de l'amant pour la femme d'un autre, pour la femme

toute de dignité qu'il ne peut ni veut ima-
giner en linge de nuit.

Je l'aurais honorée et servie ; je ne pensais plus à la désirer. Tant de tristesses
accumulées en moi durant ces derniers soirs
se groupèrent soudain autour de sa figure
et me firent une image singulièrement enno-
blie de cette petite dont j'avais eu satiété.

Lui, avec la figure dure et bête qu'ils
ont toujours, elle, triomphante de bonheur,
sans qu'elle daignât même être méchante,
ils me gênèrent au point que je ne les abor-
dai pas. Deux jours après j'adoptais un
chien égaré qui me fêtait humblement vers
les minuit dans la rue, et l'ayant rentré
chez moi je le caressais quoiqu'il fût sale,
en songeant que je lui étais supérieur, à
elle, dans l'organisation du monde, car
j'avais agi avec douceur envers un être qui
avait de beaux yeux et de la tristesse.

Ce n'est là qu'une impression vite atté-
nuée, contredite par dix autres, mais, pour
marquer la situation et ses progrès, je note
chaque forme de ma défaillance, ma fièvre
ne s'y jouât-elle qu'une minute.

A l'ordinaire, pour fatiguer mon ennui,
je me donnais à mes amis politiques et visitais ma circonscription.

Tous les matins, je sortais d'Arles et
ma voiture m'emportait sur la grand'route,
à travers la Camargue, dont la lente solitude m'enchantait, car par mille imaginations un peu subtiles j'y trouvais des témoignages sur mes propres dispositions :

N'avais-je pas laissé derrière moi ce trésor accroupi de Saint-Trophime, comme j'ai
laissé Bérénice qui est mon autel et mon
cloître ? Dans cette Camargue, n'y a-t-il pas,
comme en moi, la grande voie publique avec
quelques cultures sur les côtés, et que je
franchisse le fossé, je tombe dans l'anonyme de la nature. Dans ce désert, nulle

place pour une vie individuelle : le vent, la
mer et le sable y communient, n'y créent
rien, mais se contentent de prouver avec intensité leur existence. Ils éveillent la mélancolie qui est, elle aussi, une grande force
sans particularisation. Là, les pensées individuelles se perdent dans le sentiment de
l'éternel, de l'universel, les arbres y sont
tendus, inachevés ; seules fixent l'attention
quelques poignées de noirs cyprès, regrets
sans mémoire, au milieu d'une lèpre de
mousse et de baguettes.

Un jour, après six heures de voiture, par
la route la plus malheureuse de cette région désolée, j'arrivai au plus triste village
du monde, aux Saintes-Maries. C'est moins
une église qu'une brutale forteresse aux
murs plats, enfermant un puits profond ;
dans le clocher, à la hauteur du toit, est
une chambre Louis XV, décorée de boiseries or et blanc, remplie de misérables
ex-voto ; c'est la chapelle, peu convenable,
des graves saintes Maries.

J'allai sur la plage, coupée de tristes
dunes, chercher l'endroit où débarquèrent
ceux de Béthanie, qui furent les familiers
de Jésus. C'était Lazare, le ressuscité, le
vieux Trophime, Marthe et Marie, la voluptueuse Madeleine, de qui la brise de la mer
ne put dissiper les parfums. Mais celle que
je fais la plus belle dans mon imagination,
c'est sainte Sara, qui servait les Notre-
Dame dans la barque et qui est la patronne
des Bohémiens. Plus mystérieuse que toutes dans sa volontaire humiliation, elle re-
porta ma pensée vers ma Bérénice, vers cette
petite bohème à peine digne de délier les
souliers des vierges ou des belles repenties,
qui semble avoir été désignée pour m'apporter la bonne doctrine.

C'est sur ce rivage, misérable mais sacré
pour qui n'a rien dans l'âme qu'il ne doive à
ces obscurs passionnés d'où naquit notre

christianisme, c'est sur cette plage dont la légende m'étouffait de sa force d'expansion que je plaignis ma Bérénice d'être une vivante et d'obéir à des passions individuelles. Sans doute, elle a fermé les yeux, mais fasse le ciel qu'elle ait perdu tout esprit, qu'elle soit devenue entre ses bras une petite brute sans clairvoyance ni réflexion, en sorte qu'elle ne soit pas à lui, mais à l'instinct et à la race, — et cela, je puis le croire, d'après ce que j'entrevois de son tempérament.

Quand je remontai dans ma voiture, fatigué par de telles méditations mêlées à ma propagande de candidat, et légèrement fiévreux,

DEUX JOURS APRÈS J'ADOPTAIS UN CHIEN ÉGARÉ QUI ME L'ÉTAIT HUMBLEMENT DANS LA RUE, ET L'AYANT RENTRÉ CHEZ MOI, JE LE CARESSAIS QUOIQU'IL FUT SALE.

un orage tombait sur la Crau. On leva les vitres, sur le devant de la capote, qui me firent durant six heures une prison étroite où le vent qui écorche ces plaines jetait et écrasait la pluie. Les chevaux, surexcités par la tempête et leur cocher, filaient avec une extrême rapidité ; de fatigue, de rêverie intense, je m'endormis, d'un sommeil que je dominais pourtant et qui ne m'empêchait guère de suivre mon idée. Etat qui n'est pas de rêve, mais plutôt l'engourdissement de notre individu, hors une part qui veille et bénéficie de toute la force de l'être.

Sur ce premier campement de l'église de France, je venais de servir les doctrines sociales qui me séduisent, en même temps que je rêvais de Lazare le ressuscité, et, tous ces soins se mêlant dans mon sommeil lucide, je réfléchis qu'il avait fait, celui-là, la même traversée que j'entreprends maintenant, en sorte que je lui prêtais quelques-unes de mes idées ; et j'en vins à resserrer tout ce brouillard dans la lettre suivante, qui n'est que mon dialogue intérieur mis au point.

CONSOLATION DE SÉNÈQUE LE PHILOSOPHE A LAZARE LE RESSUSCITÉ

« Mon cher Lazare,

« Aux dernières fêtes de Néron, votre air soucieux a été remarqué. Je sais que des personnes de notre famille désirent vous entraîner sur les côtes de la Gaule, où elles comptent prendre une attitude insigne dans le nouveau mouvement d'esprit. La détermination est grave.

« Vous ne m'avez pas caché le culte que vous gardez à la mémoire de votre malheureux ami, et d'après sa biographie que vous m'avez communiquée, je me rends parfaitement compte qu'il dut avoir beaucoup d'autorité : il était complètement désintéressé, puis il aimait les misérables, ce qui est di-

vin. Il m'eût un peu choqué par sa dureté envers les puissants ; en outre, je ne puis guère aimer ceux sur qui je n'ai pas de prise, ces amis frottés d'huile qui me possèdent et que je ne possède pas. Avec ces réserves, je comprends que vous l'aimiez beaucoup, d'autant que c'est pour vous une façon de monopole. Vous avez en effet sur la plupart de ses fidèles cette supériorité d'avoir été mêlé si intimement à sa vie qu'en l'exaltant c'est encore vous que vous haussez.

« Vous le voyez, mon cher Lazare, je me représente d'une façon très précise l'intéressant état de votre âme à l'égard de Jésus : vous l'aimez ; la question est de savoir si vous voulez conformer vos actes à votre sentiment.

« Confesserez-vous que sa vie et sa doctrine sont les meilleures qu'on ait vues ? Lui chercherez-vous des disciples, ou vous contenterez-vous de le servir passionnément dans votre sanctuaire intérieur ? Telle est la position exacte de votre débat. Il vous faut peser si ce vous sera un mode de vie plus abondant en voluptés de partir avec Mesdemoiselles vos sœurs pour être fanatique, en Gaule, ou de demeurer à faire de l'ironie et du dilettantisme avec Néron.

« Que vous restiez dans cette cour trop cultivée, ou partiez vers des régions mal civilisées, de vous à moi, dans l'un ou l'autre cas, ça pourra mal finir, car les peuplades de la Gaule seront excitées à vous mettre à mort, à cause de votre obstination à leur procurer le bonheur, et d'autre part Néron est un dilettante si excessif que, vous goûtant personnellement et sachant qu'on vous calomnie, il est fort capable de vous sacrifier, tant il est peu disposé à plier ses actes d'après ses idées, à protéger ceux qu'il honore et à appliquer la justice. Dans la vie, les sentiers les plus divers mènent à des culbutes qui se valent ; en dépit de tous les plans que nous concertons, les harmonies de la nature se font selon un mécanisme et une logique où nous ne pouvons influer. J'écarte donc les dénouements qui sont irré-

les victimes que pour les bourreaux. C'est que l'espèce humaine répugne à l'égotisme, elle veut vivre. Le fanatique représente tou-jours le premier mot d'un avenir, il met en circulation, plus ou moins déformées, les vertus qu'il a aperçues ; l'égotiste au con-

LES CHEVAUX, SUREXCITÉS PAR LA TEMPÉTE ET LEUR COCHER, FILAIENT
AVEC UNE EXTRÊME RAPIDITÉ.

formables et je m'en tiens aux avantages divers de l'une et l'autre attitude.

« Eh bien, il n'y a pas de doute, un fanatique (c'est-à-dire un homme qui trans-porte ses passions intellectuelles dans sa vie) est mieux accueilli par l'opinion que l'égotiste (homme qui réserve ses passions pour les jeux de sa chapelle intime). Les publicistes seront plus sévères à Néron qu'à Marthe, quoique très certainement cette der-nière introduise dans le monde plus de maux que le premier, et que la part de responsa-bilité dans les malheurs qui naissent d'une mésentente idéologique soit plus lourde pour

traire garde tout pour lui, il est le dernier mot.

« Néron, mon cher Lazare, excusez-moi d'y insister, est un esprit infiniment plus large que vos deux excellentes sœurs, mais il est dans son genre le bout du monde ; en lui les idées entrent comme dans un cul-de-sac ; Marthe et Marie sont deux portes sur l'avenir. Le sectaire est donc plus assuré, tout pesé, de l'estime de l'humanité, puis-qu'il la sert. Il est un rail où elle glisse les provisions qu'elle adresse aux races futures, tandis que l'égotisme est une propriété close

« Une propriété close, c'est vrai ! mais

où nous nous cultivons et jouissons. L'égotiste admet bien plus de formes de vie ; il possède un grand nombre de passions ; il les renouvelle fréquemment ; surtout il les épure de mille vulgarités qui sont les conditions de la vie active. De ces vulgarités inévitables, n'avez-vous pas souffert quelquefois dans l'entourage si généreux pourtant, si loyal, de vos excellentes sœurs ?

« Par moi même ailleurs, j'avais d'excellentes raisons pour être fanatique ; cela eût été plus décent pour un philosophe. Des amis très honnêtes m'y engageaient fort. Mais la vie est trop courte ! Quand j'aurais, selon le système des sectaires, traduit ma passion dans une attitude contagieuse, ce qui d'ailleurs la déforme toujours, quel temps me serait resté pour acquérir de nouvelles passions ! D'ailleurs, il eût fallu conformer mes actes à mes idées. C'est le diable ! comme vous dites, vous autres chrétiens. Puisque, en ce monde, mon souci se limite à découvrir l'univers qui est en puissance en moi, et à le cultiver, qu'avais-je à me préoccuper de mes actes ? Moi qui ne fais cas que du parfait désintéressement, j'ai accepté certaines faveurs qui vinrent à moi en dépit de ma pâleur et de ma frêle encolure ; j'ai favorisé diverses fantaisies de Néron, et ces complaisances me nuisirent devant l'opinion. A tout cela, en vérité, je prêtais fort peu d'intérêt ; je n'ai jamais suivi que mon rêve intérieur. Dans mes magnifiques jardins et palais, je vantais le détachement ; j'en étais en effet détaché, j'étais sincère. Le comprendrez-vous, Lazare, ce luxe m'excitant infiniment à aimer la pauvreté ? Avez-vous jamais mieux goûté la pudeur que dans les bras de Marie-Madeleine ?

« J'entre dans ces détails intimes pour vous prouver combien j'ai toujours été éloigné de cette décision où vous penchez. Ah !

ce n'est pas moi qui pensai jamais à suivre la voie sans horizon et si dure des sectaires. Et pourtant vous en dissuaderai-je ? Suis-je arrivé au bonheur, en ne me refusant à aucun des sentiers qui me le promettaient ? Suis-je parvenu à recréer l'harmonie de l'univers ?

« J'ai voulu ne rien nier, être comme la nature qui accepte tous les contrastes pour en faire une noble et féconde unité. J'avais compté sans ma condition d'homme. Impossible d'avoir plusieurs passions à la fois. J'ai senti jusqu'au plus profond découragement le malheur de notre sensibilité qui est d'être successive et fragmentaire, en sorte que, ayant connu infiniment plus de passions que le sectaire, je n'en ai jamais possédé qu'une ou deux tout au plus à la fois. C'est dans cette idée que Néron me demandant, il y a peu, de lui composer un mot philosophique qu'il pût prononcer avant de mourir, je lui ai conseillé : « *Qualis artifex pereo!* »

« Quel artiste, quel fabricant d'émotions je tue ! » En vérité, voilà-t-il pas une exclamation qu'il pourrait jeter avec à-propos à toutes les heures de la vie ? J'ai acquis une vision si nette de la transformation perpétuelle de l'univers que, pour moi, la mort n'est pas cette crise unique qu'elle paraît au commun. Elle est étroitement liée à l'idée de vie nouvelle, et comme son image est mêlée à tous les plaisirs de Néron, elle est mêlée à toutes mes analyses. La mort est la prise de possession d'un état nouveau. C'est quitter, mais c'est en même temps un acte d'amour à quelque chose d'inconnu. Oui, à chaque fois que je sens quelque chose naître en moi, je puis m'écrier : « Quelque chose vient de mourir en moi ! » Toute nuance nouvelle que prend notre âme implique nécessairement une nuance qui s'efface. La sensation d'aujourd'hui se substitue à la sensation précédente. Un état de conscience ne peut naître en nous que par la mort de l'individu que nous étions hier. A chaque fois que nous renouvelons notre moi, c'est une part de nous que nous

j'avais su de quoi le devenir. Après quelques années de la plus intense culture intérieure, j'ai rêvé de sortir des volontés particulières pour me confondre dans les volon-

« J'AI DONC SENTI, MON CHER LAZARE, ET JUSQU'A L'ANGOISSE »

sacrifions, et nous pouvons nous écrier : *qualis artifex pereo!*

« Cette mort perpétuelle, ce manque de continuité de nos émotions, voilà ce qui désole l'égotiste et marque l'échec de sa prétention. Notre âme est terrain trop limité pour y faire fleurir dans une même saison tout l'univers. Réduits à la traiter par des cultures successives, nous la verrons toujours fragmentaire.

« J'ai donc senti, mon cher Lazare, et jusqu'à l'angoisse, les entraves décisives de ma méthode ; aussi j'eusse été fanatique, si

tés générales. Au lieu de m'individuer, j'eusse été ravi de me plonger dans le courant de mon époque. Seulement il n'y en avait pas. J'aurais voulu me plonger dans l'inconscient, mais, dans le monde où je vivais, tout inconscient semblait avoir disparu.

« Voici, au contraire, que vous survenez dans des circonstances où ce rêve devient aisé, et il semble bien que vous soyez sur le point de le réaliser, puisque, ayant ressenti à la cour de Néron des inquiétudes analogues aux miennes, vous méditez de vous mettre de propos délibéré au service de la religion nouvelle. Malheureusement, mon cher Lazare, j'y vois un obstacle, qui, pour se présenter chez vous avec une forme singulière, n'en est pas moins commun à bien des hommes.

« Quand vous me parliez des curieux incidents de votre pays de Judée, vous ne m'avez rien célé du rôle important que vous y avez joué; le merveilleux agitateur vous a ressuscité. Vous êtes Lazare le Revenu. En conséquence, quoique vous ayez observé toujours la plus grande discrétion sur cette anecdote désormais historique, il est évident que vous êtes renseigné sur le problème de l'au-delà. Si vous balancez comme je vois, c'est que la vérité ne s'en impose pas, d'après ce que vous savez, d'une façon impérative. Dès lors, vous voilà dans un état d'esprit qui, pour naître chez vous de circonstances particulièrement piquantes, n'en est pas moins d'un ordre trop fréquent : vous n'êtes pas le seul revenu. Beaucoup, à cette époque, bien qu'ils ne soient pas allés jusqu'au tombeau, ont comme vous des lumières sur ce qui termine tout. Bien qu'ils n'aient pas eu les pieds et les mains liés avec les bandes funéraires, ils ne peuvent se donner aux passions de leurs contemporains. Leur sympathie est assez forte pour leur faire illusion quelques instants sur des idées généreuses, mais comme vous qui vîtes pousser les fleurs par les racines, ils constatent que ce sont des songes sans racines sérieuses. Ils ont de tristes lucidités, et après de courts enthousiasmes, analogues à ceux que vous communiquent l'ardeur de Marthe et de Marie, l'humilité de Sara, la beauté de Madeleine et la jeunesse du vieux Trophime, ils s'écrient, infortunés clairvoyants qui regrettent de ne pouvoir se tromper avec tout le monde : « *Qualis artifex pereo!* »

QUI DONC AVAIT RÉPANDU SUR MON AMIE CETTE TRISTESSE DONT JE LA VIS DÉFAILLANTE
AU GRAU-LE-ROI ?

XII

LA MORT TOUCHANTE DE BÉRÉNICE

Les élections nous réussirent. Sitôt élu, je quittai Arles et m'installai au Grau-le-Roi, où Bérénice, hélas ! dépérissait auprès de l'adversaire. Celui-ci ne se déjugeait pas : il ne pensait rien que de sévère sur un succès qu'il n'avait pas prévu, mais il avait trop le goût de la hiérarchie pour ne point se figurer depuis le scrutin que nous étions liés par « une sympathie plus forte qu'aucune politique ».

Qui donc avait répandu sur mon amie cette tristesse dont je la vis défaillante au Grau-le-Roi, dans les premiers jours d'octobre ? « C'est la fièvre des étangs, » disait Charles Martin, toujours enclin aux explications plausibles et médiocres. Ah ! les étangs jusqu'alors n'avaient donné que de beaux rêves à la petite Bérénice ; jusqu'alors ses insomnies étaient enchantées de l'image de M. de Transe, et dans ses pires délires elle n'avait reçu de lui que les signes d'une tendre amitié. Morne aujourd'hui pendant de longues heures, c'était une jeune adultère qui désespère du pardon et répète avec égarement : « Comment ai-je commis cela ? » Jamais elle ne se plaignit, mais ses mains diaphanes m'avouaient tout et me reprochaient amèrement d'avoir poussé à cette union sans amour.

M'étais-je égaré sur ce que je croyais être son instinct ? Ce mariage de convenance, que j'avais souhaité pour redresser la vie de mon amie, allait-il donner à sa destinée l'irréparable tournant? L'extrême difficulté qu'il y a d'interpréter la volonté de l'inconscient m'apparut avec une singulière netteté durant ces dernières semaines, au cours des longs silences de Bérénice, assise auprès de moi en face de la mer mystérieuse.

A ma table de travail, je défaillais sous ces intérêts refroidis qui encombrent un nouvel élu; ces querelles émoussées, ces compliments, ces réclamations m'étaient une chose de dégoût, comme l'idée fixe dans l'anémie cérébrale, ou, dans l'indigestion, le fumet des viandes qui la causèrent. Cette campagne avait amassé en moi trop d'ironies, et la réussite me supprimait trop brutalement le but dont j'avais vécu depuis huit mois; je n'avais plus

nice. Etendu sur la grève, je m'abandonnais aux forces de la terre : il me semblait que son contact, sa forte odeur, sa belle santé me renouvelleraient mieux qu'aucun système. En dépit de mon âme hâtive, je me sentais solidaire de cette terre d'Aigues-Mortes, faite des lentes activités du sable et de l'Océan. Ne puis-je comparer le développement de ce pays au mien propre? Les modifications géologiques sont analogues aux activités d'un être. Bérénice, qui sortit de son instinct pour suivre mes conseils et se marier, souffre comme souffrirait la nature entière si elle était soumise à des lois particulières. Dans mon orgueil de raisonneur, j'ai traité mon amie comme l'Adversaire traite le Rhône et sa vallée. En échange de la révélation qui m'a donnée de l'inconscient cette fille incomparable, je n'ai su que la faire pécher contre l'inconscient.

Sitôt que le crépuscule avait couvert d'ombre ma table de travail, le visage amaigri de la jeune malade m'apparaissait comme un reproche. Accoudé à mon balcon, sur ce doux canal du Grand-Roi qui va aboutissant à la mer, j'entendais dans une rue voisine les enfants, énervés de leur journée et trop bruyants, se débattre contre les grandes personnes qui les rappelaient au logis. Pour

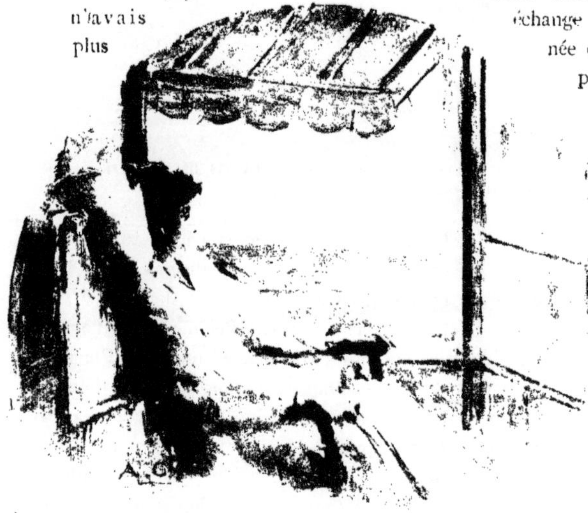

En face de la mer mystérieuse, Bérénice était assise.

d'impulsion à mon service. *Qualis artifex pereo!* me répétais-je par ces lentes matinées de loisir, vaguant de la vaste mer à ces vastes espaces couverts des seules digitales, et n'osant à chaque heure du jour visiter Béré-

moi, j'attendais que huit heures sonnées me permissent d'aller auprès de Bérénice; la fièvre l'empêchait de dormir, et je me consacrais à amuser le plus possible son extrême faiblesse.

Quand il était si évident que cet être infiniment sensible ne souffrait que d'avoir froissé les volontés mystérieuses de son instinct, Martin nous fatiguait de sa thérapeutique matérialiste ; à l'entendre, je m'étonnais qu'on pût valoir si peu en vivant dans une telle société. Par ses seules définitions de Bérénice, il me déformait la délicieuse image que je m'étais composée d'elle d'après nos pédagogies. Sa médiocrité me conduisait même à cette réflexion que si Petite-Secousse devait disparaître à son contact, il ne m'en coûterait pas plus de soupirs qu'elle mourût tout entière, car Petite-Secousse est la partie de Bérénice que j'ai jugée digne de toutes mes préférences.

Les choses allèrent plus vite qu'il n'eût été raisonnable de le prévoir. En trois jours, cela fut au point que je ne doutai pas de sa fin prochaine. Sa figure et ses mains, pâles comme les linges où elle repose, gardaient ce petit air secret que nous lui avons toujours vu, mais une expression plus lente éteignait ses yeux qui m'ont éclairé si rapidement l'ordre de l'univers.

Une extrême faiblesse l'accablait dans son lit, et moi de tenir sa main je me sentais plus fort. Bérénice va disparaître, pensai-je, mais je garde le meilleur d'elle-même. Je me suis approprié son sens de la vie, sa soumission à l'instinct, sa clairvoyance de la nature ; je suis la première étape de son immortalité. O mon amie, ce séjour était incertain pour toi, tu pouvais t'y

abîmer ; mais en moi prospéreront tes vertus.

A cet instant ses yeux ayant rencontré

J'AI VU BÉRÉNICE MOURIR. J'AI SENTI LES DERNIÈRES PALPITATIONS DE SON CŒUR.

mes yeux, elle me souriait, mais quand son sourire s'effaça je me sentis tout bouleversé, car je songeais à tout ce qu'il y a en elle de viager et qu'avant l'aube prochaine peut-être je ne verrais plus. Je baisai sa main, qui, sous la chaleur de la fièvre, n'était plus déjà qu'un léger ossement ; et des larmes vinrent mouiller ses yeux, tandis que je répétais : hélas ! hélas !

Peut-être se sentait-elle trop de faiblesse pour parler, et je n'avais d'elle que ses doigts qui caressaient doucement ma figure, mais je compris soudain avec épouvante qu'elle me regardait, pour me voir une dernière fois. Depuis combien de temps cette pensée en elle ? Ah ! ces regards où de pau-

vres hommes et de pauvres bêtes nous
avouent le bout de leurs forces ! Regard
tendre et voilé de ma Bérénice qu'affligeait
la peur de la mort ! il me parut plus pitoyable qu'aucun mot désolant qu'elle eût in-
venté pour se plaindre. Je lui parlai des
promenades que nous ferions encore dans
la campagne, et elle se mit à pleurer sans
répondre.

Je ne crois pas qu'elle ait eu de graves
souffrances physiques. La sœur qui l'assis-
tait, et à qui par délicatesse de femme elle
confiait toutes ses misères, m'a dit : « Si elle
a beaucoup souffert, c'est de quitter sa
beauté, ses souvenirs et toutes ses choses de
sa villa. » Elle eut un délire de petite fille,
et à moi, qu'elle avait fait asseoir au bord
de son lit, cela paraissait si impossible que
cette enfant participât d'un mystère sacré
comme est la mort que je croyais parfois à
un jeu de fiévreuse.

J'ai vu Bérénice mourir ; j'ai senti les
dernières palpitations de son cœur qui
n'avait été ému que de l'image d'un mort.
Elle était couchée sur le côté, comme ces
pauvres bêtes dont elle eut toute sa vie une
si grande pitié. Sans doute elle sentit la
mort la posséder, car son visage gardait une
terreur inexprimable. Et moi, je cherchais
un moyen de lui témoigner la plus tendre
sympathie, d'adoucir ce passage misérable ;
j'embrassais ces yeux où roulaient les derniers pleurs. Je les embrassais comme elle
avait mille fois embrassé son bel âne, sans

préoccupation de politesse ni de sensualité,
simplement pour lui témoigner ma frater-
nité. Ces baisers-là, elle ne les connut point
de sa vie, car elle éveillait la volupté.
« Maintenant, lui disais-je, tu as fini ta
tâche, tu atteins ta récompense, qui est la
certitude, vérifiée sur ma tristesse à ton lit
de mort, que j'eus pour toi un réel attache-
ment. Tu ne crains plus désormais d'être
méprisée par ceux à qui les circonstances ont
composé une vie plus facile. »

Je lui ai fait la mort que j'ai toujours
tenu pour la plus convenable, sans tapage,
ni larmes, ni vaines démonstrations. mais un
peu grave et silencieuse. Elle eut la mort
d'un pauvre animal qui pour finir se met en
boule dans un coin de la maison de son
maître, mais d'un maître dont il est aimé.

Et pourtant, faire une bonne mort était-
ce un rôle suffisant pour elle ? Elle eût été
précieuse surtout pour assister les autres à
leur dernier moment, car elle savait sym-
pathiser avec la nature dans ses plus tristes
humiliations.

C'est vers les cinq heures qu'écartant les
boucles de cheveux qui couvraient son front,
je fermai les yeux de cette fille dont la sagesse eût mérité mieux que de marcher côte à
côte avec mes inquiétudes raisonneuses. Dès
lors, tout l'appareil des soins funéraires s'in-
terposa entre moi et ce corps qui ne m'était
plus qu'une chose étrangère. Je me retirai
avec l'image que je gardais de cette véritable maîtresse, et je n'avais aucun courage.

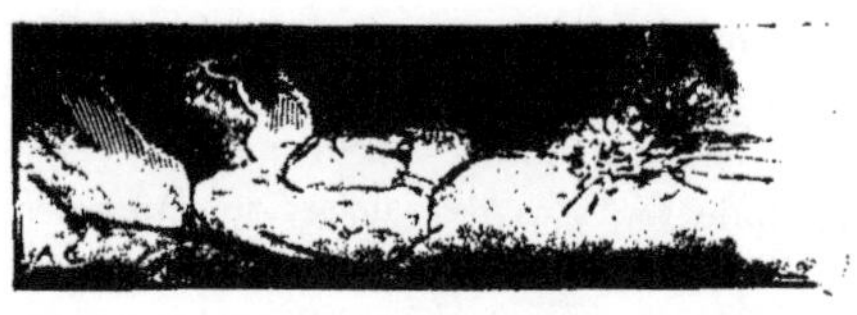

XIII

Petite-Secousse n'est pas morte !

Les journées qui suivirent l'enterrement de Bérénice, je les donnai avec une ponctualité en quelque sorte machinale aux devoirs de mon nouvel état. Mais déjà il ne m'était plus qu'une passion refroidie, un casier de mon intelligence. Et ce pays aussi que j'avais dû orner de toutes mes émotions pour m'en faire un séjour utile, maintenant que j'allais le quitter n'avait plus pour mon âme d'impériosité.

C'était en moi et hors de moi un profond silence. Il me semblait que le monde et mon moi se fussent figés. J'étais un bloc de glace sur une mer qui l'étreint en se congelant. Sur cette banquise lourde et monotone que je composais avec l'univers, seule glissait comme un nuage bas l'image de Petite-Secousse. Image gelée, elle-même ! De nos causeries, je ne savais plus que ses longs silences ; de sa sensibilité, rien que ses touchantes torpeurs, et de son corps élégant, je ne revoyais aucun détail, mais seulement j'étais rempli de cette tristesse que m'avait donnée chacune de ses grâces quand je songeais qu'elles passeraient. De tant de gestes par où elle me toucha, un seul m'obsède : c'est quand, la veille de sa mort, ses yeux rencontrant mes yeux, elle pleura sans parler.

Ainsi passais-je des soirées, avant que le Parlement fût convoqué, à m'attendrir sur le triste sort de la jeune Bérénice qui mourut d'avoir mis sa confiance en l'Adversaire.

Sitôt ma correspondance et autres besognes mises au net, de toutes les parties de mon âme montait une sorte de vapeur qui me voilait le monde extérieur. Sous cette tente métaphysique, je demeurais très avant dans la nuit à contempler la reine par qui me fut révélée la vie inconsciente, et sa vue, mieux qu'aucune encyclopédie, m'enseignait les lois de l'univers. Même il m'arriva d'être rappelé à la réalité par une douleur au cœur ; alors je souriais de m'exalter à ce point pour celle qui ne fut en somme qu'un petit animal de femme assez touchante. Rien au monde pourtant ne m'inspira plus vive complaisance.

Une nuit, je ressentis avec une intensité toute particulière que la préoccupation dont je venais de vivre pendant huit mois était assouvie et qu'il m'en fallait une nouvelle. Or, la difficulté de me composer un nouveau moi se compliquait du regret de détruire celui que j'étais aujourd'hui. Le passage à un nouvel état d'âme suppose la mort du précédent. A chaque modification que nous nous donnons, nous pouvons dire : *qualis artifex pereo!* Auprès de la mer unisonante, je souffrais que ma vie fût une suite de sons sans harmonie. Pourquoi ne puis-je comme l'océan pousser la vague qui naît dans la voie de la vague qui meurt, et comme lui me donner la puissance et la paix ? Ce problème qui n'est autre que de me trouver une loi, m'était si agréable ce soir-là, et si doux aussi le vent généreux qui soufflait du large, que je résolus d'aller, en mémoire de Bérénice, jusqu'au jardin d'Aigues-Mortes.

Il eût été plus hygiénique de gagner mon lit, mais l'idée des transformations de mon moi me présentait avec une grande force la convenance de jouir de mes sensations jour par jour. Puisque nous sommes la victime de morts successives, je refuse de sacrifier une satisfaction d'aujourd'hui au bien-être de celui que je serai dans quelques années. Ayant ainsi agrandi mon excursion par de hautes considérations, je fis les quatre kilomètres de bruyères et d'étangs qui séparent d'Aigues-Mortes le Grau-du-Roi.

La haie franchie de la villa de Rosamonde, je me retrouvai sur ce sable où nous avions passé tant d'heures, et où je venais sans doute pour la dernière fois. Je revécus avec intensité le chemin que j'avais parcouru auprès de Bérénice, et je sentais que, haussé par cette étrange compagnie d'une année, j'embrassais avec plus de force un plus grand horizon.

Cette nuit d'octobre était si chaude, ou plutôt mon imagination si échauffée, que je résolus, étant un peu las, d'attendre le matin en me couchant sur des touffes de fleurs violemment parfumées. Dans mon état de nerfs, ces arbres et toutes ces choses que je connaissais si bien faisaient se dresser devant moi, à tous instants, des apparences fantastiques. La masse des remparts, l'immensité de la plaine, la voluptueuse désolation de ce petit jardin, mon amour de l'âme des simples, ma soumission de raisonneur devant l'instinct, toutes ces émotions que j'avais élaborées dans ce pays et tout ce pittoresque dont il m'avait saisi dès le premier jour, se fondaient maintenant dans une forme harmonieuse. Et comme ils avaient été dans mon cerveau des mouvements coexistants et simultanés, ils cessaient sous ma fièvre plus forte d'être isolés pour composer un ensemble régulier. Beau jardin idéologique, tout animé de celle qui n'est plus, véritable jardin de Bérénice !

Au sens matériel du mot, je ne puis dire que Bérénice me soit apparue, mais jamais je ne sentis plus fortement sa présence que dans cette importante veillée où je résumai mon expérience d'Aigues-Mortes. C'est qu'aussi bien, depuis un an, j'ai resserré autour de Bérénice tous les mouvements de ma sensibilité. Telle que j'ai imaginé cette fille, elle est l'expression complète des conditions où s'épanouirait mon bonheur ; elle est le moi que je voudrais devenir. Or, pour

JE FIS LES QUATRE KILOMÈTRES DE BRUYÈRES ET D'ÉTANGS QUI SÉPARENT D'AIGUES-MORTES
LE GRAU-DU-ROI.

une âme de qualité, il n'est qu'un dialogue, c'est celui que tiennent nos deux moi, le moi momentané que nous sommes et le moi idéal où nous nous efforçons. C'est en ce sens que j'ai vu Bérénice se lever de sa poussière funéraire. Pitoyable et fanée de péchés, elle avait un nimbe lumineux où s'éclairait ma conscience. Dans ces premiers violets de l'aube, je lui apportai ces mêmes sentiments d'humilité que d'autres connurent pour Isis qui les émouvait de son mystère et pour la Vierge tenant dans ses bras le Verbe fait petit enfant. Ma Bérénice, sous ses voiles de jeune élégante, possédait, elle aussi, les secrets de la nature, et pour apparaitre en elle, la vérité, une fois encore, emprunta les balbutiements d'un être faible.

— Bérénice, lui disais-je, chacune de tes larmes a été pour moi plus précieuse qu'un raisonnement impeccable. Mais ce bénéfice ne survivra pas à ta mort.

— Mes larmes en coulant sur toi ont laissé là comme un signe particulier auquel les hommes reconnaitront que tu as une part de l'âme d'une créature simple et bonne.

— Tu étais, ma Bérénice, le petit enfant sauveur. La sagesse de ton instinct dépassait toutes nos sagesses et ces petites idées où notre logique voudrait réduire la raison. Quand j'étais assis auprès de toi, dans ta villa, parfois tu partageais mes douloureux énervements ; par une contagion analogue, j'ai participé de ta force qui te fait marcher du même rythme que l'univers. Malheureux que je suis, j'y ai manqué le jour que j'ai voulu corriger ton instinct et par une double conséquence, en même temps que je prétendais te perfectionner j'ai détruit l'appui que tu m'étais. Dès lors, que vais-je devenir ?

Bérénice me répondit :

— Il est vrai que tu fus un peu grossier en désirant substituer ta conception de l'harmonie à la logique de la nature. Quand tu me préféras épouse de Charles Martin plutôt que servante de mon instinct, tu tombas dans le travers de l'Adversaire qui voudrait substituer à nos marais pleins de belles fièvres quelque étang de carpes. Cesse pourtant de te tourmenter. Il n'est pas si facile que ta vanité le suppose de mal agir. Il est improbable que tu aies substitué tes intentions au mécanisme de la nature. Je suis demeuré identique à moi-même, sous une forme nouvelle ; je ne cessai pas d'être celle qui n'est pas satisfaite.

Cela seul est essentiel. Toi même tu te désoles de ne pas avoir de continuité ; tu insistes sur ceci que toute augmentation de ton âme y suppose quelque chose qui s'anéantit. Dans cette succession où tu te désespères, quand comprendras-tu qu'une chose demeure qui seule importe, c'est que tu désires encore. Voilà le ressort de ton progrès, et tout le ressort de la nature. Je pleurais dans la solitude, mais peut-être allais-je me consoler : tu me poussas dans les bras de Charles Martin pour que j'y pleure encore. Dans ce raccourci d'une vie de petite fille sans mœurs, reconnais ton cœur et l'histoire de l'univers.

— Ah ! Petite-Secousse, que tu étais fortifiante dans le triste jardin d'Aigues-Mortes !

— J'étais là ; mais je suis partout. Reconnais en moi la petite secousse par où chaque parcelle du monde témoigne l'effort secret de l'inconscient ; où je ne suis pas, c'est la mort ; j'accompagne partout la vie. C'est moi que tu aimais en toi, avant même que tu me connusses, quand tu refusais de te façonner aux conditions de l'existence parmi les barbares ; c'est pour atteindre le but où je t'invitais que tu voulus être un homme libre. Je suis dans tous cette part qui est froissée par le milieu. Mon frisson

douloureux agite ceux-là mêmes qui sont le
plus insolents de bonheur, et si tu observes
avec clairvoyance, tu verras à t'attendrir
sur eux ; l'attitude provocatrice de celui-ci
cache mal sa faiblesse, à laquelle il voudrait échapper ; la sécheresse que cet autre
pousse jusqu'à la dureté, n'est qu'impuis-
sance à s'épanouir ; estime aussi les misérables : parfois il est en eux de telles secousses que c'est pour avoir tenté trop haut
qu'ils glissent bas. Personne ne peut agir
que selon la force que je mets en lui. Je
suis l'élément unique, car, sous son apparence d'infinie variété, la nature est fort
pauvre, et tant de mouvements qu'elle fait
voir se réduisent à une petite secousse, pro-
pagée d'un passé illimité à un avenir illimité. Pour satisfaire ton besoin de simplification qui réclame de l'unité, comprends
qu'il faut t'en tenir à prendre conscience de
moi, de moi seule Petite-Secousse qui anime
indifféremment toutes ces formes mouvan-
tes, qualifiées d'erreurs ou de vérités par
nos jugements à courte vue.

Alors je m'agenouillai et j'adorais Petite-Secousse.

Le jour approchait. Les cimes des
rares arbres bleuissaient déjà de lumière.
Ce soleil qui se lève sur ce pays, où Bérénice a rempli son apostolat, me sera-t-il une
aube nouvelle ?

J'entendis l'appel des animaux dans
leur étable. Je n'eus pas de peine à leur
ouvrir. Tous ces humbles amis de Bérénice
me firent fête, suivant leur tempérament,
et quoique les canards filassent du côté des
étangs sans politesse, je ne me trompai pas
sur leur misère et sur le contre-coup qu'ils
supportaient, eux aussi, de notre perte commune. Je restai un long temps à serrer la
tête de l'âne dans mes bras, à plonger mes
yeux dans ses yeux. Mais comme il appar-

tient à une race longuement battue et que
d'autre part cette heure religieuse du levant
n'était pour lui que l'instant de sa pâture,
il faisait des efforts pour brouter. Ah ! me
disais-je, comment gagner les âmes !

Petite-Secousse, je crois en vérité que tu
existes partout, mais il était plus aisé de
te constater dans le cœur d'un léger oiseau
de passage que de distinguer nettement
comment bat le cœur du peuple.

C'est après avoir réfléchi sur cette difficulté de gagner les âmes, de fraterniser
avec l'inconscient, que Philippe forma ce
désir dont il entretint Mme X..., d'obtenir
du chef de l'Etat la concession d'un hippodrome suburbain.

En effet, pour que les âmes s'épanouis-
sent avec sincérité, il leur faut ces loisirs
qu'eut Bérénice, par exemple, et qu'elles ne
soient pas comme cet âne famélique, dis-
traites par l'âpre souci de quelques trochées
d'herbes. Les souffrances, les nécessités de
la vie nous font comme une gangue misérable où notre individualisme est opprimé.
Que l'heureux s'épanouisse, que nous sai-
sissions avec aisance la direction particulière de sa vie, on le conçoit. Mais les misérables ! Pour qu'auprès d'eux je profite,
pour qu'ils s'entr'ouvrent et deviennent une
fleur utile du jardin de Bérénice, soyons à
même de les libérer ; qu'ils cessent d'abord
d'être des opprimés !

Et nous-même, d'autre part, pour échapper à la dissipation et à l'altération que
nous subissons des contacts temporels, ne
convient-il pas que nous nous réfugions
comme dans un cloître dans une forte indé-
pendance matérielle ? Ce n'est qu'un expé-
dient, mais sans cette indication ce *traité de
la culture du moi* eût été incomplet. L'argent, voilà l'asile où des esprits soucieux
de la vie intérieure pourront le mieux atten-

C'est en ce sens que j'ai vu Bérénice se lever de sa poussière funéraire.

dre qu'on organise quelque analogue aux ordres religieux qui, nés spontanément de la même oppression du moi que nous avons décrite dans *Sous l'Œil des Barbares*, furent l'endroit où s'élaborèrent jadis les règles pratiques pour devenir *un homme libre* et où se forma cette admirable vision du divin dans le monde, que sous le nom plus moderne d'inconscient, Philippe retrouva dans le *Jardin de Bérénice*.

DEUX NOTES

1° A PROPOS DU TITRE

Ce volume — où se clôt la série commencée par *Sous l'œil des Barbares* — a été annoncé sous le titre *Qualis artifex pereo*, que l'auteur a cru devoir modifier, par convenance envers quelques amies qui se fussent peut-être embarrassées, le premier jour, de ce latin. Un ouvrage qui ne veut être qu'un acte d'humilité devant l'inconscient, manquerait trop grossièrement son but, s'il apportait la plus légère contrariété à des femmes.

Qualis artifex pereo! Pour nous qui ne détestons pas certaines pédanteries qui aggravent et enrichissent le débat, elle exprimait fort bien, cette formule, le désarroi de celui qui constate ne pouvoir se donner un moi nouveau qu'en tuant le moi de la veille! Mais qu'elle eût paru lourde,

cette fleur de collège, entre les seins de ma Bérénice!

2° SUR LE CHAPITRE PREMIER

Si déplaisant qu'il soit d'alourdir d'un commentaire cette fantaisie d'idéologue, je ne puis supporter qu'on méconnaisse ici ma pensée, et je tiens à souligner que je fais intervenir MM. Renan et Chincholle comme deux exemplaires universellement connus de façons fort diverses de regarder et d'apprécier la vie. Ils me sont des facilités pour abréger et mouvementer les discussions abstraites. Faut-il redire que j'use de M. Renan selon la méthode que Platon employa avec Socrate? Mais ce maître n'est pas mort, m'objectent quelques-uns. Il nous a mis du moins en possession de son héritage intellectuel: j'en use selon qu'il nous y autorisât, et de tout mon effort je le fais fructifier.

Un nom plus affiché encore est mêlé à cet ouvrage, et chacun comprendra que je ne puis l'écrire qu'avec un profond sentiment. Mais c'est à chacune de ces pages que je voudrais étendre le bénéfice de cette note; on ne manquera pas de me chicaner avec des interprétations littérales ou fragmentaires. Tout est vrai là-dedans, rien n'y est exact. Voilà les imaginations que je me faisais, tandis que les circonstances me pliaient à ceci et à cela. Gœthe, écrivant ses relations avec son époque, les intitule : *Réalité et Poésie*.

TABLE DES MATIÈRES

MODERN-BIBLIOTHÈQUE

PRIX DU VOLUME { Broché . . . . . . **0 fr. 95**
{ Cartonné . . . . **1 fr. 50**

Pour paraître le 1er Février 1907

LA VIE PRIVÉE DE MICHEL TEISSIER

Par Édouard ROD

Illustrations d'après les aquarelles de Troncet

DANS LA MÊME COLLECTION ONT PARU :

Cruelle Enigme, par Paul Bourget, de l'Académie Française. (Illustrations de A. Calbet).

Flirt, par Paul Hervieu, de l'Académie Française. Illustrations de F. Bellenger.)

La Maison des Deux Barbeaux, par André Theuriet, de l'Académie Française. (Illustrations de Huard.)

L'Abbé Jules, par Octave Mirbeau. (Illustrations de Hermann-Paul.)

Les Transatlantiques, par Abel Hermant. (Illustrations de Hermann-Paul.)

André Cornélis, par Paul Bourget, de l'Académie Française. (Illustrations de Starace.)

La Glu, par Jean Richepin. (Illustrations de Laurent-Desrousseaux.)

Sire, par Henri Lavedan, de l'Académie Française. (Illustrations de Conrad.)

L'Inconnu, par Paul Hervieu, de l'Académie Française. (Illustrations de H. Morin.)

Les Diaboliques, par Barbey d'Aurevilly. (Illustrations de Marodon.)

Céleste Prudhomat, par Gustave Guiches. (Illustrations de René Lelong.)

Souvenirs du Vicomte de Courpière, par Abel Hermant. (Illustrations de A. Calbet.)

Monsieur de Courpière marié, par Abel Hermant. (Illustrations de A. Calbet.)

L'Armature, par Paul Hervieu, de l'Académie Française. (Illustrations de Laurent-Desrousseaux.)

Les Deux Etreintes, par Léon Daudet. (Illustrations de Dabat.)

Mémoires d'un jeune homme rangé, par Tristan Bernard. (Illustrations de Hermann-Paul.)

Renée Mauperin, par Edmond et Jules de Goncourt. (Illustrations de Henri Morin.)

Le Cœur de Pierrette, par Gyp. (Illustrations de Marcel Capy.)

L'Avril, par Paul Margueritte. (Illustrations de Laurent-Desrousseaux.)

Le Nouveau Jeu, par Henri Lavedan, de l'Académie Française. (Illustrations de Manuel Orazi.)

L'Automne d'une Femme, par Marcel Prévost. (Illustrations de Laurent-Desrousseaux.)

L'Aventure, par Pierre Veber. (Ill. de René Lelong.)

La Danseuse de Pompéi, par Jean Bertheroy. (Illustrations de Manuel Orazi.)

Cousine Laura, par Marcel Prévost. (Illustrations de Conrad.)

L'Evangéliste, par Alphonse Daudet. (Illustrations de Marodon.)

Florise Bonheur, par Adolphe Brisson. (Illustrations de Tofani.)

Chonchette, par Marcel Prévost. (Illustrations de René Lelong.)

Péché Mortel, par André Theuriet, de l'Académie Française. (Illustrations de Laurent-Desrousseaux.)

La Carrière, par Abel Hermant. (Ill. de Dutriac).

Lettres de femme, par Marcel Prévost. (Illustrations de Macchiati et Scoppetta.

Aphrodite, par Pierre Louys. (Illustrations de Manuel Orazi.)

L'Institutrice de province, par L. Frapié. (Illustrations de Steinlen.)

Leurs Sœurs, par Henri Lavedan, de l'Académie Française. (Illustrations de Conrad.)

Le Jardin Secret, par Marcel Prévost. (Illustrations de Louise Abbéma.)

Les Rois en exil, par Alphonse Daudet. (Illustrations de A. Calbet.)

L'Autre Amour, par Claude Ferval. (Illustrations de E. Bouard.)

Mademoiselle Jaufre, par Marcel Prévost. (Illustrations de Laurent-Desrousseaux.)

Il paraît un volume au commencement de chaque mois

Imp. Walther et
Roche, 55. [illegible]
mont [illegible]
Paris [illegible]

9 782329 614922